좋아하는 마음이
우릴 구할 거야 ♥

# 좋아하는 마음이 우릴 구할 거야 ♥

그것이
덕질의 즐거움!

정지혜 지음
♥
애슝 그림

행복해지는 방법은 간단해요
좋아하는 것을 더 자주 하고
싫어하는 것을 덜 하면 됩니다

열여덟, 우리가 사랑했던 오빠들

서른셋, 고단한 하루를 달래주는 맥주와 드라마

좋아하는 노래만 아껴 모은

플레이리스트

나른한 주말 오후,

# 단골 카페에서 마시는 아인슈페너 한 잔

침대에 누워

좋아하는 작가의 책을 읽는 시간

먹고살기 바빠서, 내 취향을 몰라서,

무언가에 마음을 빼앗겨본 지 오래된 우리들에게

당신을 살게 하는,

또 살게 했던 '사랑'은 무엇인가요?

Prologue.



## 한 걸음.

### 좋아하는 마음이 생의 결핍을 채워주었습니다



## 두 걸음.

### 좋아하는 마음이 나를 더 잘 알게 했습니다

## 세 걸음.

### 좋아하는 마음이 있는 그대로의 우리를 사랑하게 합니다



## Epilogue.

유키 할머니는 남편과 사별한 뒤 느릿느릿 흘러가는 나날을 보내고 있습니다. 나이 든 몸은 매사 무기력하고 지쳐서 혼자서는 호박 하나 자르기도 쉽지 않지요. 그러던 어느 날 서점에서 예쁜 그림체에 반해 집어든 만화책 한 권이 할머니의 일상을 바꾸어놓습니다.

'응? 아이고야. 어이쿠? 오모나….'

알고 보니 그 책은 'BL Boys Love', 남성과 남성의 사랑을 그린 만화였던 거예요. 새로운 세계에 눈을 뜬 할머니는 다음 책을 사러 서점에 갔다가 아르바이트생 우라라와 말을 트게 되고 두 사람은 덕질[1] 메이트가 됩니다.

[1] 한 분야에 미칠 정도로 빠진 사람을 의미하는 일본어 '오타쿠オタク'를 한국식 발음으로 바꾸면 '오덕후'가 되는데요. 이를 줄여 '덕후'라고 부릅니다. 덕질 용어 중에는 '덕'을 접두사 혹은 접미사로 사용하여 파생된 것들이 많습니다. 대표적인 예로 '덕질(덕+질 : 어떤 분야를 열성적으로 좋아하여 그와 관련된 것들을 모으거나 파고드는 일)', '입덕(들 입入+덕 : 어떤 분야나 사람을 열성적으로 좋아하기 시작함)', '휴덕(쉴 휴休+덕 : 덕질을 잠시 쉬다)', '탈덕(벗을 탈脫+덕: 덕질을 그만두다)', '덕메(덕질+메이트mate : 덕질을 함께 하는 친구. '덕친'으로도 쓴다)' 등이 있어요.

『툇마루에서 모든 게 달라졌다』는 BL 만화에 빠진 75세 할머니와 인간관계에 서툰 17세 여학생의 특별한 우정을 그린 만화입니다. 외로웠던 두 사람이 58년의 나이 차를 극복하고 우정을 쌓아가는 이야기도 매력적이지만, 저에게는 덕질을 대하는 유키 할머니의 자세가 더 인상 깊게 다가왔어요.

주문해놓은 다음 책이 입고되었다는 연락을 받고 후다닥 서점에 다녀온 유키 할머니. 한 장 한 장 아껴 읽고 싶은 마음에 맨 뒷장에 있는 책 정보부터 펼쳐보는데요. 전편과 비교해보더니 책이 일 년 반에 한 권꼴로 출간된다는 사실을 확인하고 깜짝 놀랍니다.

"그렇다면 이 다음 이야기를 읽을 수 있는 건…. 에엑! 내년 겨울?!"

올해 자신의 나이가 75세이니까 대충 85세쯤에 죽는다 치면 앞으로 읽을 수 있는 책은 여섯 권 남짓. 풀 죽은 할머니를 상상하며 다음 장면을 보는데 웬걸, 할머니는 태연하게 아흔 살까지 힘내보겠다고 하는 게 아니겠어요? 거기다 우라라에게 다른 BL 작품을 추천해 달라는 문자를 보내기까지! 매사 무기력하고 시들시들하던 할머니의 일상에 생기가 돌기 시작했습니다.

좋아하는 만화를 끝까지 읽고 싶어서 아흔까지 힘내보겠다는 열정. 다음 책을 사기 위해 아침 일찍 서점에 들르며 느끼는 설렘. 작가를 만나기 위해 몇 시간 줄 서는 것도 두려워하지 않는 용기. 좋아하는 것을 타인과 공유하는 즐거움. 나이 드는 서러움도, 혼자 남겨진 외로움도 모두 잊은 채 덕질을 만끽하는 유키 할머니를 보고 있으면 잊고 지내던 감정이 떠오릅니다. 마음을 다해 좋아하는 것이 있다는 행복이란 이런 거였지, 하고요.

2017년 여름, 저는 마음을 크게 다쳤습니다. 한 번 상처 입은 마음은 작은 일에도 쉽게 덧났습니다. 곪을 대로 곪은 마음을 더는 두고 볼 수 없어 하던 일까지 그만두었지만 회복은 더디기만 했어요. 그때 저를 구한 것은, 어이없게도 '아이돌 덕질'이었습니다. 좋아하는 가수의 노래를 들으며 위로 받고, 그들이 출연한 예능을 보며 걱정없이 웃고, 공연을 보기 위해 낯선 곳으로 여행을 떠나고, 같은 팬이라는 이유만으로 새로운 사람들과 친구가 되고…. 그러는 동안 저도 모르게 새 살이 돋고 있었습니다.

『툇마루에서 모든 게 달라졌다』를 읽으면서 우리를 살게 하는 것은 사랑이 아닐까, 생각했어요. 좋아하는 작가의 다음 책을 읽고 싶어서, 좋아하는 가수의 콘서트에 가고 싶어서. 아주 사소하고 사적인 사랑 덕분에 우리는 힘을 내어 하루를 살고, 그런 하루들이 모여 인생을 만들어가니까요.

> 나는 우리 삶에 생존만 있는 게 아니라 사치와 허영과 아름다움이 깃드는 게 좋았다. 때론 그렇게 반짝이는 것들을 밟고 건너야만 하는 시절도 있는 법이니까.
>
> 김애란, 『잊기 좋은 이름』(열림원, 2019) 12p 중에서

나이를 먹을수록 무언가를 좋아하는 일이 쉽지 않습니다. 먹고살기 바쁘다는 이유로, 시간과 품을 쏟을 만한 가치가 있는 일인지 재고 따지느라 그렇지요. 요즘 저는 좋아하는 것을 발견할 때마다 그 행복이 행여 날아갈세라 글과 사진으로 기록해두곤 해요. 좋아하는 노래들만 아껴 모은 플레이리스트, 그 계절에만 누릴 수 있는 풍경들을 만끽하는 호사스러운 산책, 단골 카페에서 마시는 아인슈페너, 책방에 잠시 빛이 머물다 가는 시간이나 자기 전 침대에 누워 책을 읽는 시간 같은 것들. 행복에 이름을 붙일 수 있다면 바로 이런 것들이 아닐까 하면서요. 그것들을 잘 기억하고 있다가 손에 잡히는 행복이 필요할 때마다 떠올려보려고 말이에요.

하찮고 쓸모없는 것이라도 괜찮아요. 사랑은, 모든 것이 될 수 있어요. 나에게 반짝이기만 한다면요. 좋아하는 마음을 잊고 사는 당신에게, 이 책이 마음속에 잠들어 있는 사랑을 깨워주는 알람이 되기를 바랍니다. 우연히 집어든 만화책 한 권이 유키 할머니의 일상을 바꾸어놓은 것처럼, 15년 만의 아이돌 덕질이 번아웃에서 저를 구한 것처럼요.

정지혜

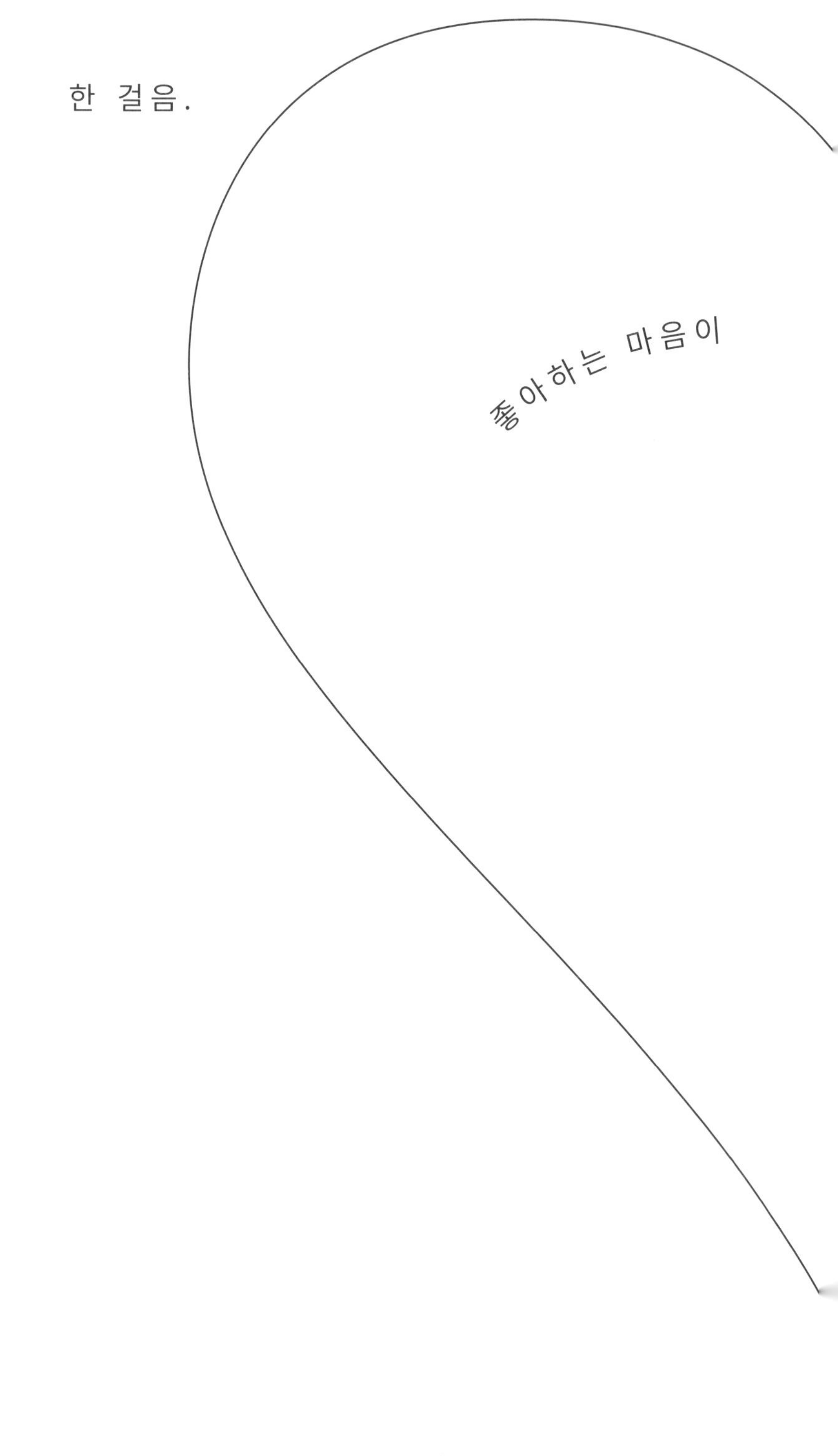
한 걸음.
좋아하는 마음이

생의 결핍을 채워주었습니다

우리는 살면서 만나는

크고 작은 파도에 휩쓸리지 않기 위해

저마다의 밧줄을 잡습니다.

그건 종교일 수도 있고,

연애 혹은 반려동물일 수도 있으며

술이나 운동, 여행···

무엇이든 될 수 있어요.

## 인생은 사랑에 의지한다

지구력이 부족해 무엇 하나 진득이 해본 적 없지만 사랑만큼은 지치지도 않고 쉼 없이 해왔습니다. 샘솟는 사랑은 연애에만 한정된 것이 아니어서, 그 대상이 연예인이나 드라마 속 주인공처럼 비현실적인 존재일 때도 있었고 동물이나 사물일 때도 있었지요. 대상을 가리지 않고 저는 늘 누군가 혹은 무언가를 좋아하는 일에 열심이었어요.



제가 가장 오랫동안, 꾸준히 사랑한 대상은 책입니다. 책과 처음 사랑에 빠졌던 초등학교 무렵부터 제 곁에는 늘 책이 있었습니다. 제가 다니던 초등학교 옆에는 도립 공공도서관이 있었는데요. 심심하고 따분할 때, 궁금한 게 생겼을 때, 위로가 필요할 때, 저는 언제고 도서관을 찾아 책을 읽었습니다. 그 안에는 제가 찾는 모든 답이 있었거든요.

대학을 졸업한 후에는 출판사에 취직해 그렇게나 바

라던 책 곁을 위성처럼 맴돌게 되었습니다. 편집자가 되어 기획한 첫 책은 블로거 소유흑향의 에세이였어요. 실력도 경력도 없는 햇병아리였지만 다른 건 몰라도 이 책 만큼은 내가 가장 잘 만들 수 있다는 자신감이 있었습니다. 블로그 내용을 통째로 꿰고 있을 만큼 오랜 팬이었으니까요. 작가님에게 받은 첫 원고를 죄다 형광펜으로 칠해놓는 바람에 선배가 눈이 아파서 원고를 읽을 수가 없다며 어처구니없어 했지요. 모든 문장이 밑줄 긋고 싶을 만큼 좋은 걸 어떡해요.

서점원으로 전직한 후에는 좋아하는 책을 소개하는 기쁨이 저를 움직였습니다. 기다리던 신간을 가장 먼저 읽고, 한 권의 책이 세상에 퍼지는 데 작은 보탬이 되며, 만나고 싶었던 작가와 눈을 맞추고 이야기 나눌 수 있는 직업이라니. 성덕[2]도 이런 성덕이 없지요.



### 나를 만든 세계

책만큼이나 제 인생에서 떼놓을 수 없는 건 음악입니다. 중학교 입학을 앞둔 겨울방학, 고모네 집에 놀러 갔다가 당시 대학생이던 사촌 언니 방에서 조성모의 2.5집 «Classic» 앨범을 들었어요. <가시나무>라는 노래를 듣는데 영문도 모른 채 눈물이 나올 것 같더라고요. 마음이 찌르르 울렸달까요. 용돈을 모아 조성모 앨범을 사

2 '성공한 덕후'를 줄여 부르는 말.

서 테이프가 늘어질 때까지 듣고 또 들었습니다. 그때부터 책을 읽듯이 가사를 유심히 살피며 노래를 읽었어요. 초등학교에 들어가기도 전부터 짝사랑을 시작했던 감수성 신동답게 마음을 건드리는 음악에 예민하게 반응했지요. 동네에 하나밖에 없는 음반 가게를 뻔질나게 드나들며 카세트테이프와 CD를 모았습니다. 책과 음악으로 감정을 해독하고 표현하는 일들이 좋았어요.

음악을 귀로 읽는 책이라 생각하던 제가 라디오를 좋아하게 된 건 자연스러운 일이었습니다. 어릴 적 제 방에는 책상의 3분의 1 가량을 차지하는 투박한 검은색 인켈 전축이 있었습니다. 매일 밤 책상 앞에 앉아 그 전축으로 MBC FM4U <이소라의 음악도시>를 들었어요. 오프닝 멘트를 들으며 타인의 시선으로 세상을 읽는 법을 배우고, 얼굴도 모르는 낯선 이의 사연에 마음을 쏟고, PD와 DJ가 선별한 노래들로 까만 밤을 채우던 시간들이 제 감수성의 밑바탕이 되었습니다.

조성모가 쏘아 올린 저의 덕질 계보는 원타임을 거쳐 신화, 보아로 이어졌습니다. 사실 보아가 갓 데뷔했을 때는 신화와 같은 소속사라는 이유만으로 싫어했어요. 그런데 안티 활동을 하겠다고 이것저것 자료를 찾아보다가 얼마 안 가 보아에게 빠져버렸지 뭐예요. 보아의 일본 진출은 저를 자연스럽게 일본 문화로 이끌었습니다.

우타다 히카루와 모닝구 무스메의 음악을 즐겨 듣고,

요시모토 바나나와 모리 에토의 소설을 아껴 읽으며, 이와이 슌지와 스튜디오 지브리의 영화를 여러 번 보았지요. 제2외국어는 고민할 것도 없이 일본어를 선택했습니다. 그렇게 중학교 때부터 일본에 대한 관심을 놓지 않고 살다 보니, 어느새 한국과 일본을 오가며 일을 하고 있더라고요. 바다 건너에 마음을 나누는 친구들과 일 년에 한 번씩은 꼭 찾는 단골 가게도 생겼습니다. 제 삶의 배경이 한국을 넘어 일본까지 확장된 거예요.

이따금 제 인생이 신기하게 느껴질 때가 있습니다. 마음을 다해 좋아했을 뿐인데, 그것들이 지금 제가 발 딛고 서 있는 세계를 가득 채우고 있으니까요. 어린 시절의 전부였던 도서관 책장에 내가 쓴 책이 꽂혀 있는 걸 발견했을 때, 즐겨 듣던 라디오 주파수에서 내 목소리가 흘러나올 때, 낯선 나라의 도시가 익숙한 동네처럼 눈에 선연히 그려질 때. 바로 이런 순간들 때문에 인생은 살아볼 만한 것 같아요.

## 사랑은 우리가 찾은 유일한 피난처

책방을 여는 건 오래도록 품어온 꿈이었습니다. 아껴 고른 책들과 소품으로 둘러싸인 작고 아늑한 세계에서, 가장 자신 있고 좋아하는 방식으로, 다른 누구도 아닌 오직 나의 기쁨과 보람을 위해 일하는데 행복하지 않을 리가 없었지요. 그런데 저는 행복한 만큼 불행했습니다. 내가 애쓰지 않으면 아무것도 굴러가지 않는 상황에서 이 작고 아늑한 세계가 언제 무너질지 몰라 늘 불안했고, 저를 괴롭히는 직장 상사나 동료가 없는 대신 잘 알지도 못하는 사람들이 함부로 내뱉는 말에 마음을 다치곤 했으니까요.

저는 제 안에 분명히 존재하는 불행을 어디에서도 꺼내 보일 수 없었습니다.

"넌 그래도 좋아하는 일 하잖아."

"서점이 잘 되는데 뭐가 힘들어?"

사람들은 저의 힘듦을 배부른 투정쯤으로 여겼고, 제 생각도 다르지 않았습니다. 그러게 말이에요. 행복한데 불행한 이 모순된 마음은 뭘까요. 가족이나 친구들도 공감해줄 수 없고, 심지어 나조차도 이해할 수 없는 생경한 우울. 꿈을 이룬 사람들은 모두 반짝거리기만 해서 그게 전부인 줄 알았습니다. 꿈을 이루면 행복해질 거라고, 그러니까 열심히 하라고만 배웠지, 꿈을 이룬 뒤 마주하게 될 현실에 대해서는 아무도 알려주지 않았어요. 모순된 마음을 어떻게 받아들여야 할지 몰라 쩔쩔매는 동안 시간은 계속 흘러갔습니다. 불행이 행복을 앞지를 즈음, 결국 저는 하던 일을 멈추고 잠시 쉬어가기로 했습니다.



## 나에게 닿은 유일한 위로

그 무렵 유튜브에서 방탄소년단의 월드 투어 '2017 BTS LIVE TRILOGY EPISODE Ⅲ THE WINGS TOUR'의 뒷이야기를 담은 다큐멘터리 <BTS : Burn the Stage>[3]를 보았습니다. 그때까지 제가 방탄소년단에 대해 아는 거라고는 '고전 『데미안』을 앨범 콘셉트에 차용해 도서 판매량을 급증시킨 아이돌' 딱 그 정도였어요. 방탄소년단과 BTS가 같은 그룹 이름이라는 것도 모를 정도로 아이돌에 관심이 없었거든요. 다큐멘터리를 보게 된 것도 순전히 우

[3] '2017 BTS LIVE TRILOGY EPISODE Ⅲ THE WINGS TOUR'의 300일간의 대장정을 밀착 다큐멘터리 형식으로 제작한 유튜브 오리지널 시리즈입니다. 총 8부작으로 구성되어 있으며 유튜브 프리미엄 가입자만 볼 수 있어요. '방탄소년단이 왜 이렇게 인기가 많은 거야?' 궁금해하는 당신에게 이 다큐멘터리를 강력 추천합니다!

연이었습니다. 광고를 보는 게 싫어서 유튜브 프리미엄 서비스를 이용하고 있었는데, 유튜브에 들어갈 때마다 피드에 <BTS : Burn the Stage> 영상이 뜨더라고요. 두어 달이 지나도 사라지지 않길래 '도대체 이게 뭔데 계속 보이는 거지?' 하고 무심결에 1화를 클릭했다가 앉은 자리에서 8화까지 다 보고 난 뒤에 깨달았습니다. 이게 덕통사고[4]구나!

빌보드 뮤직 어워드에서 상을 받은 첫 K-POP 아이돌 그룹, 3백만 장을 기록한 유일한 그룹, 13개국 월드 투어 티켓을 매진시킨 그룹. 화려한 수식어에 둘러싸인 무대 위 방탄소년단은 누구보다 빛나 보였습니다. 그런데 불꽃이 터지고 난 후에는 잿더미가 남는 법이지요. <BTS : Burn the Stage>는 무대 위에서 화려하게 타오른 뒤에 남은 재, 백스테이지의 고통과 수고를 진솔하게 드러낸 다큐멘터리예요.

무대 아래 방탄소년단은 무척 낯설었습니다. 긴장으로 딱딱하게 굳은 표정이라든가, 실수로 움츠러든 모습, 바짝 날이 선 예민한 말투, 고통으로 일그러진 얼굴 같은 건 무대 위에서 한 번도 드러내 보인 적이 없었으니까요. 공연을 하면서 다치거나 쓰러지는 일은 부지기수. 혼자 숨 쉬는 것도 버거울 정도로 지쳐서 주변의 부축을

[4] '덕질+교통사고'를 조합해 만든 용어입니다. 뜻밖에 일어난 교통사고처럼 어떤 결정적인 일을 계기로 덕질을 시작하게 됨을 비유적으로 이르는 말이에요.

받으며 간신히 서 있다가도, 무대에 오르기만 하면 언제 그랬냐는 듯 천연덕스럽게 웃으며 노래하고 춤추는 모습에 소름이 오소소 돋았습니다. 긴 투어 기간 내내 방 안에서 음악 작업을 하거나 운동을 하면서 시간을 보내고, 룸서비스와 포장 음식으로 끼니를 때우며, 스케줄이 없는 날에는 리허설과 연습을 되풀이합니다. 콘서트가 끝나면 이 공항에서 저 공항으로, 이 호텔에서 저 호텔로 계속되는 이동. 그러한 날들의 반복 또 반복이었습니다. 다큐멘터리를 보기 전까진 짐작도 하지 못했어요. 무대 위에서 한없이 반짝거리는 그들이 무대 아래에서 무엇을 포기하고 감수하고 있는지를요.

"베이징에서 무대를 한 번 최초로 중단했었단 말이에요. 저 때문에. 갑자기 무섭더라고요, 무대가. 그 광경이, 내가 여기서 뭘 하고 있는 건지, 그렇게 한 번 겪고 나니까 좋아야 될 때 좋지 못하더라고요. 음원 공개된 날 하루 동안 인터넷을 못 봐요. 욕 먹을까 봐."

전 세계 수많은 사람들에게 사랑을 받으면서도, 날선 말들에 마음이 베일까 두려워합니다.

"저는 오래오래 하고 싶긴 하죠. 언제까지 이 젊음과 이 열기와 이 인기가 갈 거라는 생각 안 해요. 저희는 준비가 돼 있더라도 아무래도 많은 사람들이 그때까지 저희를 좋아해줄까도 사실 큰 문제긴 하거든요."

꿈꿔왔던 일들을 이루고 있음에 가슴 벅차 하면서도, 이 사랑을 지속하려면 어떤 식으로 더 열심히 해야 할까 부담을 느낍니다. 그들 역시 저처럼 '행복한데 불행한 모순된 감정'을 겪고 있었어요. 마지막 화 엔딩 장면에 흘러나오는 노래가 귓가에 맴돌아 찾아보니 2016년에 발매한 앨범 <화양연화 Young Forever>에 수록된 <EPILOGUE : Young Forever>라는 곡이었습니다.

막이 내리고 나는 숨이 차 복잡해진 마음 숨을 내쉰다
오늘 뭐 실수는 없었었나 관객들의 표정은 어땠던가
그래도 행복해 난 이런 내가 돼서
누군가 소리 지르게 만들 수가 있어서
채 가시지 않은 여운들을 품에 안고
아직도 더운 텅 빈 무대에 섰을 때
더운 텅 빈 무대에 섰을 때 괜한 공허함에 난 겁을 내
복잡한 감정 속에서 삶의 사선 위에서 괜시리 난 더 무딘 척을 해
처음도 아닌데 익숙해질 법한데 숨기려 해도 그게 안 돼
텅 빈 무대가 식어갈 때쯤 관객석을 뒤로하네
지금 날 위로하네 완벽한 세상은 없다고 자신에게 말해 난
점점 날 비워가네 언제까지 내 것일 순 없어 큰 박수갈채가
이런 내게 말을 해 뻔뻔히 니 목소릴 높여 더 멀리
영원한 관객은 없대도 난 노래할 거야
오늘의 나로 영원하고파 영원히 소년이고 싶어 나 Ah

방탄소년단, <EPILOGUE : Young Forever>
(Slow Rabbit, RM, 방시혁, 슈가, 제이홉 작사, 2016) 중에서

노래를 듣다 눈물이 핑 돌았습니다. 세계 최정상 아이돌 방탄소년단에게 동질감을 느끼다니. 누가 들으면 코

웃음 칠 일일지도 모르겠어요. 제가 생각해도 어이없었으니까요. 그런데 방탄소년단이야말로 저에게 닿은 유일한 위로였습니다.

'좋아하는 일을 하는데 왜 힘들지? 그토록 바라던 꿈을 이뤘는데 왜 불행한 거야? 내가 이상한 걸까, 아님 나약한 걸까.'

가까운 가족과 친구들도 이해하지 못했고 심지어 나조차도 받아들일 수 없었던 생경한 우울. 그런데 이상과 현실의 모순 속에서 견디는 그들을 보면서 처음으로 온전히 이해 받았다는 기쁨을 느꼈습니다. 내 마음을 알아주는 사람이 세상에 적어도 일곱 명은 있다는 걸 알았으니까요. 방탄소년단의 다큐멘터리를 보면서, 노래를 찾아 들으면서 저는 구원을 받은 것 같았어요.

> 시간이 흐르면 또 원래의, 혹은 또 다른 공허가 몰려들어 그곳에 고인다는 사실은 이제 누구나 알고 있다. 하지만 끝내는 결핍감, 무료함, 체념 등 모든 것을 묵묵히 삼키고서 다시 일상을 살아간다. 이 얼마나 고요하고 쓸쓸한가. 그러나 그 쓸쓸함에는 충족된 인간이나 완벽한 세계에는 없는, 작은 조개껍데기의 안쪽을 보는 듯한 복잡한 광택이 있다.
>
> 니시카와 미와, 『고독한 직업』(이지수 역, 마음산책, 2019) 211p 중에서

나이를 먹으면서 삶에 대해 조금이라도 깨달은 것이 있다면, 인생은 모순으로 가득 차 있나는 거예요. 분명 즐겁고 행복한데도 가끔은 아주 불행한 것처럼 느껴진

다거나, 가진 게 아주 많은 줄 알았는데 실은 속 빈 강정이었다는 걸 알아차리는 순간들을 마주하면서 저는 더 이상 '행복'이나 '풍요'를 바라지 않게 되었습니다. 그보다는 삶의 모순을 견디며 살아가는 이들이 들려주는 이야기를, '그럼에도 불구하고'로 쓰여지는 이야기를 자주 찾게 되었지요. 방탄소년단에게는 '충족된 인간이나 완벽한 세계에는 없는, 작은 조개껍데기의 안쪽을 보는 듯한 복잡한 광택'이 있습니다. 자신들의 연약함을 기꺼이 드러내면서도 결코 패배주의로 나아가지 않는 그들의 존재가 저에게 얼마나 큰 힘이 되었는지 몰라요.

### 사랑은 우리가 찾은 유일한 피난처

서른 넘어 덕질을 시작한 제가 신기한지 주변에서 입덕 계기를 물어봅니다. 방탄소년단 덕에 번아웃을 극복하고 있다고 얘기하면 다들 "그런 이유로 아이돌을 좋아할 수도 있어?" 하며 놀라지요. 음반을 몇 백만 장이나 팔았고, 몇 개국에서 1위를 했고…. 사실 저는 방탄소년단이 세계적으로 거둔 성공에 대해서는 잘 모릅니다. 제가 방탄소년단을 좋아하게 된 건 그들이 유명해서가 아니거든요.

"많이 힘들지? 불안하고 무섭지? 실은 나도 그래. 그럼 우리 손잡고 같이 가볼까?"

힘든 게 당연하다고 나에게 말해준 유일한 사람들이라서. 저의 모순을 이해해준 유일한 사람들이라서. 그게

MAGIC SHOP
MAGIC SHOP

다예요. 그동안 아티스트와 팬은 한쪽이 조건 없는 애정을 쏟아붓는 일방적인 관계라고 생각했는데, 방탄소년단을 좋아하면서부터는 서로가 서로의 의지가 되어주는 존재라는 걸 알게 됐습니다.

우리는 살면서 만나는 크고 작은 파도에 휩쓸리지 않기 위해 저마다의 밧줄을 잡습니다. 그건 종교일 수도 있고, 연애 혹은 반려동물일 수도 있으며 술이나 운동, 여행… 무엇이든 될 수 있습니다. 단지 제가 붙잡은 밧줄이 덕질이었을 뿐. 방식은 제각각 다르지만 그건 모두 사랑의 다른 이름일 테니까요

> 사랑은 지금-여기에서 우리가 찾은 유일한 피난처일 가능성이 높다. 더 곤핍하고 절박한 사람이 피난처를 찾듯, 사랑도 더 절박한 사람들이 찾는다.

장석주, 『사랑에 대하여』(책읽는수요일, 2017) 54p 중에서

# 사랑이라는 이름의 용기

제 인생의 모험은 모두 사랑 때문에 벌어졌습니다.

고등학교에 올라가자마자 휠리스를 타고 무대 위를 날아다니는 세븐에 입덕해 팬클럽 '럭키 세븐'에 가입했습니다. 기적적으로 선착순 777명 안에 든 저는 서울에서 열리는 팬미팅에 가야만 했고, 부모님은 열일곱 살짜리 애가 어떻게 혼자서 서울을 가냐며 반대했어요. KTX도 생기기 전이라 제가 사는 포항에서 서울까지는 편도로만 4시간 30분이 걸렸습니다. 겨우 막차를 타고 내려오더라도 포항에 도착하면 다음 날 새벽인 상황. 부모님은 큰 간섭 없이 저희 세 자매를 키우셨지만 통금 시간과 외박에 한해서만큼은 절대 양보가 없었습니다. 그렇다고 순순히 포기할 저도 아니었고요. 777명 안에 어떻게 들어갔는데!

서른 명이 넘는 반 친구들에게 '시혜가 세븐 팬미팅에 가야 하는 이유'를 롤링 페이퍼로 받아 부모님 앞에서 열정적인 프레젠테이션을 펼친 끝에 겨우 허락을 받아냈습니다. 팬미팅 전날 밤 아빠는 조용히 저를 불러 봉투를 건넸어요. 그 안에는 만 원짜리 지폐 몇 장과 세븐 팬미팅이라고 나름 숫자 7에 맞춰 쓴 것 같은 편지가 들어 있었습니다.

[1] 잘 다녀올 것.

[2] 되도록 사람들한테 길 물어보지 말고.

[3] 두리번두리번하지 말고.

[4] 끝나면 바로 와.

[5] 좌우를 잘 살피고.

[6] 서울은 코 베어 가는 사람 많다.

[7] 갔다가 오면 새로운 지혜로 탈바꿈되길 빌면서.



터미널에 내려서 미리 알아본 대로 지하철 출입구부터 찾았습니다. 아빠의 주의사항 때문에 두리번거릴 수도, 길을 물어볼 수도 없었지요. 오로지 앞만 쳐다보면서 어찌어찌 팬미팅 장소까지 무사히 찾아갔습니다. 스마트폰도 없을 때였는데 서울에 처음 올라온 애가 혼자서 낯선 길을 어떻게 찾아갔는지 지금 생각해도 신기할 따름이에요. 사랑의 힘이었다고 믿을 수밖에요.

팬미팅 이후 덕심이 폭발하던 그해 초여름, 1학기 기말고사 마지막 날 울산에서 <MBC 음악캠프> 공개 방송이 열린다는 정보를 입수했습니다. 타이밍도 기가 막혀서 시험이 끝나자마자 터미널로 가서 버스를 타면 세븐 무대를 볼 수 있었어요. 인생 첫 땡땡이를 칠 생각에 심장이 벌렁거려서 무슨 정신으로 시험을 쳤는지도 모르겠습니다. 공개 방송 당일, 하늘이 저를 도왔는지 다음 주 수학여행을 앞두고 전달사항이 있어 오늘 종례는 강당에서 한다고 하더라고요.

'강당에서 종례하면 나 하나 빠진 것쯤이야 티도 안 나겠지?'

종이 울리자마자 준비한 플래카드를 들고 쏜살같이 밖으로 튀어 나갔습니다. 운동장을 가로질러 뛰어가다 담임 선생님과 마주쳤지요.

"야! 정지혜! 너 어디 가?"

"어어, 쌤~ 저 매점 가요!"

그러고는 냅다 달려 시간 맞춰 울산행 버스를 탔는데 친구한테서 문자가 왔습니다.

'어떡해. 오늘 종례 교실로 바뀌었대.'

그리고 몇 분 뒤 걸려온 담임 선생님의 전화.

"정지혜 너 이 자식 어디야."

"선생님 정말 죄송해요. 다녀와서 벌 받을게요."

부모님과 선생님 말씀을 어기면 큰일나는 줄 알고 고분고분 살아온 참새 가슴의 처음이자 마지막 일탈이었습니다.

사랑의 힘을 믿어요

2019년에는 혼자서 유럽 여행을 다녀왔어요. 런던 웸블리 스타디움에서 열리는 방탄소년단 콘서트를 양일 관람하고, 비행기를 타고 몰타[5]로 넘어가 휴가(라고 쓰고 '성지 순례'라 읽는다)를 즐긴 다음, 다시 런던으로 돌아와 짧은 관광을 하고 한국으로 돌아오는 9박 10일 일정의 덕질 여행이었지요. 이렇게 적어놓고 보니 아무것도 아닌 것 같아 보이지만 유럽 여행이야말로 대단한 용기가 필요한 일이었습니다.

간장 종지만 한 그릇을 가지고 소심하게 태어난 저는 처음 해보는 일, 겪어보지 못한 상황에 대한 막연한 두려움을 가지고 있습니다. 막상 해보면 '뭐야, 별거 아니잖아?' 싶은 일들도 과하게 겁을 먹는데, 대표적인 예가 해외여행이에요. 외국에서 겪게 될 낯선 상황은 둘째 치고 넓디넓은 공항에서 혼자 출국 수속을 밟는 것부터가 거대한 도전이었거든요. 스물일곱 살에 회사 워크숍으로 첫 해외여행을 가보고 나서야 그게 얼마나 어이없는 걱정이었는지 깨달았지만요. 물론 그 후로도 낯선 도시로 여행을 갈 때면 공항에 내려서 숙소에 도착하기까지

[5] 몰타는 방탄소년단의 리얼리티 여행 프로그램인 <BTS BON VOYAGE 시즌 3〉 촬영지입니다. 지중해의 작은 섬나라로 휴양지로 인기가 높은 곳이지요. 'BTS BON VOYAGE' 시리즈 중 시즌 1 북유럽, 시즌 2 하와이, 시즌 3 몰타는 네이버에서 운영하는 스타 실시간 개인방송 앱 '브이 라이브'에서, 시즌4 뉴질랜드는 방탄소년단 공식 팬 커뮤니티 '위버스'에서 구매 후 시청할 수 있습니다. 개인적으로는 <BTS : Burn the stage> 다큐멘터리 시리즈와 함께 가장 좋아하는 콘텐츠입니다.

모든 과정을 눈 감고도 그릴 수 있을 만큼 철저히 준비를 해둬야만 안심이 되었습니다. 언어가 통하지 않는다는 건 응급 상황이 생겨도 혼자서 대처할 수 없다는 의미이므로 유럽이나 영미권 나라들은 제 기준에서는 절대 혼자서 여행할 수 없는 위험 국가에 속했고요. 길을 잃어도, 주문한 음식이 잘못 나와도, 하물며 간단한 계산조차도 스스로 해결할 수 없다는 상황이 절 무기력하게 만들었거든요.

'아니 도대체 얼마나 영어를 못하길래 그래?'라고 물으신다면…. 제 영어 실력이 얼마나 처참한지 알려주는 유명한 일화가 있습니다. 홍대 앞 서점에서 일할 때 길을 묻는 외국인들이 종종 들르곤 했는데요. "길을 건너세요"라는 말을 영어로 못해서 길 건너를 손으로 가리키며 해맑게 "점프! 점프!"라고 외쳤던 전설적인 인물이 바로 저랍니다. 하하!

악명 높은 히스로 공항 입국 심사부터 시작해서 숙소는 잘 찾아갈 수 있을지, 말도 안 통하는 외국 공항에서 몰타행 비행기를 탈 수 있을지, 출발도 하기 전부터 걱정이 한가득이었습니다. 별 다섯 개 난이도 최상급의 여행. 그럼에도 이건 가야만 했어요. 웸블리 스타디움 콘서트가 걸려 있었으니까요. 역사적인 현장에 함께 하고 싶다는 간절한 마음이 모든 걱정과 불안을 이기고 바다를 건너게 했습니다.

언제나 그렇듯 혼자 떠난 유럽 여행도 처음만 무서웠지 그다음부터는 쉬웠습니다. 어이없을 정도로 간단하게 입국 심사를 통과했고(2019년 5월 20일부터 한국인의 영국 자동 출입국 심사 제도가 도입되었습니다. 제 출국 날짜는 5월 31일이었고요. 하늘도 돕는 덕질!), 헤매는 일 없이 단번에 숙소를 찾아갔으며, 런던에서 몰타 왕복도 무사히 해냈습니다. 사실 겁이 많고 소심하긴 해도 상황이 닥치면 누구보다 잘 해낸다는 걸 스스로도 잘 알고 있었습니다. 단지 저에게 필요한 건 '시작할 용기'였지요. 뭐가 기다리고 있을지 모를 문 바깥으로 첫발을 내딛는 용기. 사랑은 문 앞을 서성이는 저의 등을 힘껏 밀어주었습니다.

궁금해요 어디까지 갈 수 있을지

줌파 라히리의 소설집 『축복받은 집』에 실린 단편 「세 번째이자 마지막 대륙」은 인도에서 영국을 거쳐 미국에 정착한 '나'의 이야기입니다. 무역사 자격증과 당시 환율로 10달러에 해당하는 돈만 들고 인도를 떠난 나는, 3주 동안 화물선을 타고 도착한 영국에서 자신의 삶을 개척해나갑니다. 그러다 서른여섯이 되던 해, 정규직 일자리를 얻게 되면서 자신의 세 번째이자 마지막 정착지가 될 미국 보스턴에 도착하지요. 아내 말라의 여권과 영주권이 나올 때까지 잠시 동안 머물 집을 찾고 있던 나는 백 살이 넘은 크로프트 부인의 집에서 하숙을 하게 되는데요. 그때까지 인도인이 아닌 사람의 집에서 살아본 적도, 한 세기를 넘게 산 사람을 본 적도 없었던 나는, 크로프트 부인의 집에 머물면서 낯선 미국 생활에 차츰 적

응해나가기 시작합니다. 그렇게 6주가 지나고, 나는 주당 8달러짜리 하숙집을 떠나 말라와 함께 주당 40달러 아파트에서 두 사람의 삶을 시작합니다.

세월이 흘러 나와 말라는 미국에 완전히 정착했습니다. 이제 그들은 마당과 손님방이 있는 집에서 살고 있고, 하버드 대학에 다니는 아들도 두었어요. 차를 몰고 보스턴에 갈 때면 나는 교통 상황이 어떻든 간에 반드시 크로프트 부인이 살던 거리를 지나서 갑니다. 그리고 그곳을 지나칠 때마다 자신이 미국에 처음 왔던 그해 여름으로 되돌아가곤 해요.

> 내가 이룬 것이 무척이나 평범하다는 것을 안다. 성공과 출세를 위해 고향에서 멀리 떠난 사람이 나 혼자뿐인 것도 아니고 내가 최초인 것도 아니다. 그럼에도 나는 내가 지나온 그 모든 행로와 내가 먹은 그 모든 음식과 내가 만난 그 모든 사람들과 내가 잠을 잔 그 모든 방들을 떠올리며 새삼 얼떨떨한 기분에 빠져들 때가 있다. 그 모든 게 평범해 보이긴 하지만, 나의 상상 이상의 것으로 여겨질 때가 있다.
>
> 줌파 라히리, 『축복받은 집』(서창렬 역, 마음산책, 2013)
>
> 「세 번째이자 마지막 대륙」 309p 중에서

몰타에서의 마지막 밤, 밤바다를 수놓은 야경을 바라보다 새삼 얼떨떨한 기분이 들었습니다. 몰타라는 나라가 있는 줄도 모르고 살았는데, 내가 좋아하는 가수 덕분에 이렇게 근사한 야경을 보는구나 싶어서요. 런던이나 파리 같은 유명한 도시야 살면서 한 번쯤은 여행할 수 있겠지만, 방탄소년단이 아니었다면 제가 사는 동안 몰타에 올 일이 있었을까요? 런던 웸블리 스타디움 콘서트도 마찬가지입니다. 영화관에서 <보헤미안 랩소디>를 볼 때만 해도, 반년 뒤 제가 퀸의 'Live Aid' 공연이 열렸던 웸블리 스타디움에서 콘서트를 즐기고 있을 거라고는 상상도 하지 못했으니까요.

몰타를 생각할 때마다, 웸블리 스타디움 콘서트를 떠올릴 때마다, 저는 크로프트 부인이 살던 집을 지나치는 '나'가 되어, '내가 지나온 그 모든 행로와 내가 먹은 그 모든 음식과 내가 만난 그 모든 사람들과 내가 잠을 잔 그 모든 방들을 떠올리며 새삼 얼떨떨한 기분'에 빠져들겠지요.

예상치 못한 곳에서 인생의 한 장면이 전개될 때마다 사는 게 참 재밌다는 생각을 합니다. 다음 장면에 전 어디서, 무얼 하고 있을까요. '나의 세계'는 '나라는 인간의 경험치'로 구성됩니다. 내가 손을 뻗은 만큼, 발을 내디딘 만큼이 내가 경험하는 세계의 전부이지요. 이번 여행으로 스스로 그어두었던 한계선이 보다 넓어진 것을 느꼈습니다. 그만큼 내가 나에게 보여줄 수 있는 세상도 커진 거겠지요.

# 좋아하는 마음을 잘 쓰는 법

'나는 좋아하는 게 뭘까?'

한 번도 궁금해해본 적 없었습니다. 이 질문에는 늘 자연스럽고 당연한 대답이 따라왔으니까요.

'책이잖아.'

직업을 가진다면 뭐가 됐든 책 곁을 맴도는 일일 거라 생각했습니다. 편집자에서 서점원으로, 그리고 한 사람을 위해 책을 처방하는 서점 주인으로. 뭘 해야 할지 몰라 헤매는 과정도 없었고, 이 길이 맞는지 의심하는 시간도 없이 최단 거리로 성큼성큼 나아갔어요. 좋아하니까 열심히 할 수밖에 없었고, 열심히 하다 보니 어느새 제가 꿈꾸던 곳에 도착해 있었지요.

그러다 직업병이 생겼습니다. 한 번 읽었던 책을 다시 읽는 걸 꺼리게 되더라고요. 재독할 시간에 새로운 책을 한 권이라도 더 읽는 게 효율적이니까요. 읽고 싶은 책보다 필요에 의해 읽어야 하는 책을 먼저 찾는 일이 잦아졌습니다. 손님에게 처방할 책, 칼럼에 소개할 책을 고르느라, 목적 없이 책을 읽는 시간은 사치나 다름 없었어요. 재밌게 읽은 책을 사람들 앞에 드러내는 일이 힘들어졌습니다. 겨우 이 정도 수준의 책을 읽으면서 다른 사람들한테 책을 권하는 거냐는 말을 듣게 될까 봐 무서워서요.

책 안에서 저는 늘 잘해야 했고 완벽해야 했습니다. 가끔은 이런 의무와 평가로부터 도망치고 싶었지만 저에게서 책을 빼면 남는 게 아무것도 없었습니다. 책 읽는 것 말고는 달리 취미라고 할 만한 게 없었고, 쉬는 날에도 여행을 가서도 내내 서점만 찾아다녔거든요. 책이 나를 힘들게 할 때, 일에서 벗어나고 싶을 때, 정작 저는 도망칠 곳이 없었어요. 제가 방탄소년단을 좋아하게 되었다고 이야기하자 지인이 이렇게 말하더군요.

"지혜 씨한테 책 말고 다른 세계가 생긴 거네요."

그때 깨달았습니다. 책 말고도, 일 말고도 내 삶을 지탱해주는 다른 축이 생겼다는 걸요.



'쉬어가도 돼'가 아니라 '쉬어가야 해'

프랑수아즈 사강의 장편 소설 『브람스를 좋아하세요...』에는 오래된 연인 폴과 로제가 등장합니다. 로제에게 완전히 익숙해진 폴은 그가 아닌 다른 누구도 사랑할 수 없으리라 생각하지요. 그러던 어느 날, 오랜 연애의 익숙함과 외로움을 방치하고 있던 폴 앞에 젊고 열정적인 변호사 시몽이 나타납니다.

'오늘 6시에 플레옐 홀에서 아주 좋은 연주회가 있습니다. 브람스를 좋아하세요?'

늘 부재중인 한 남자를 생각하느라 음악을 들은 게 언제인지조차 까마득했던 폴은, 전축을 열고 한 번도 들어본 적 없는 브람스의 콘체르토를 듣기 시작합니다. 시몽의 편지가 무뎌진 폴의 감각을 일깨운 거예요.

폴의 집중력이 로제에게 향해 있었다면, 저의 집중력은 오로지 서점을 향하고 있었습니다. 사적인서점 오픈을 준비하면서부터 시즌 1 영업을 마무리하기까지 거의 3년 동안을 쉬는 날 없이 일만 했습니다. 처음에는 서점이 자리를 잡을 때까지 쉴 수 없다는 생각 때문에, 자리를 잡은 후에는 밀려드는 제안 때문에 그랬어요. 머리로는 쉬어가야 한다는 걸 누구보다 잘 알고 있으면서도 브레이크를 걸기가 쉽지 않았습니다. 언제나 뭔가를 하고 있어야 한다는 조바심을 느꼈고, 기대를 저버리지 말아야 한다는 압박감을 느꼈어요. 저는 저를 한없이 착취했습니다. 대충 끼니를 때우고, 잠을 덜 자고, 가족들과 보내는 시간을 줄이고, 친구들과 약속을 미루고…. 일이 넘쳐서 시간이 부족할 때면 제일 먼저 나를 위해 쓸 시간부터 줄였습니다. 그게 제일 쉽고 간단했으니까요. 그러는 사이 저는 저를 잃어버렸습니다.

그런데 덕질을 시작한 뒤로는 그럴 수가 없었습니다. 덕질에는 절대적인 시간이 필요합니다. 오늘 올라온 떡밥[6]을 체크하고 밀린 영상을 보며 앓을 시간. 현생[7] 때문에 덕질이 힘들 지경이 되면 제 안에서 경고음이 울렸습니다. '쉬어가도 돼'가 아니라 '쉬어가야 해'라고요. 일에서 쉬어갈 수 있는 핑계는 덕질이 유일했어요. 잘할 필요도 없고 대단한 것을 이루지 않아도 좋은 무용한 즐거움이 저를 숨 쉬게 했습니다.

"브람스를 좋아하세요?"라는 질문이 폴이 잊고 있던 모든 것, 의도적으로 피하고 있던 모든 질문을 환기시킨 것처럼 덕질은 나 자신 이외의 것, 내 생활 너머의 것을 좋아할 여유가 있는지 제게 물었습니다. 덕질할 힘은 남겨두고 살자. 하루에 적어도 한두 시간만큼은 나의 순수한 즐거움을 위해 살자. 그게 습관이 되자 자연스럽게 일과 생활의 균형이 맞추어졌습니다.



### 인생은 단순한 균형의 문제

덕질을 시작한 뒤로 저에게는 특별한 스위치가 생겼습니다. 머릿속에 떠올리는 것만으로 모든 부정적인 감정을 꺼버리는 만능 스위치랄까요. 아침에 출근해서는 방탄소년단 노래를 들으며 에너지를 충전하고, 기분이

[6] 원래 의미는 '물고기를 잡기 위한 미끼'를 뜻하는 낚시 용어이지만 이야깃거리나 화젯거리를 뜻하는 의미로도 쓰입니다. 여기서는 새로 업데이트된 사진이나 영상 등의 콘텐츠를 말해요.

[7] '이승의 생애'를 뜻하는 불교 용어지만, 덕질 세계에서는 '덕질을 방해하는 이 세상에서의 삶'을 의미하는 용어로 쓰입니다. 직장인이라면 일, 학생이라면 공부 등이 해당되지요. '혐오스러운 인생'을 줄여 '혐생'이라 쓰기도 합니다.

울적하거나 감정이 상하는 일이 있을 때는 방탄소년단 영상을 보면서 즉각적으로 기분을 전환합니다. 기분이 나쁜 채로 하루가 끝나게 놔두지 않아요. 덕질을 시작하면서 저는 인생에서 지금껏 알지 못했던 기쁨에 이르는 새로운 방법을 얻었습니다. 하루에 한 번 웃지 못하고 지나가는 날도 많은데 대가 없이 무언가를 보고 행복해할 수 있는 감정이 얼마나 큰 행운인지요.

문제는 저의 탈출구인 덕질이 흔들릴 때입니다. 2019년 10월 서울에서 열렸던 'BTS WORLD TOUR LOVE YOURSELF : SPEAK YOURSELF [THE FINAL]' 콘서트 추첨에 떨어진 적이 있어요. '콘서트를 3일이나 하는데 하루 정도는 되겠지!' 설레발치고 있다가 당첨 결과를 확인하고 엉엉 울었습니다(취업 불합격 통지를 받았을 때도 이렇게 울지는 않았는데).

'운도 지지리도 없지. 박복한 내 팔자야….'

끝도 없이 땅굴을 파고 들어갔습니다. 치트 키처럼 쓰는 '행복 버튼 영상'을 봐도 마음이 달래지지 않더라고요. 즐거우려고 하는 덕질인데 덕질 때문에 기분이 바닥을 칠 수도 있다니. 이런 적은 처음이라 어찌할 바를 몰랐습니다.

하루 종일 이불을 뒤집어쓰고 울다가 해 질 무렵 산책을 나섰습니다. 산책은 군산에 내려와 지내며 생긴 취미예요. 집 근처 공원의 산책로를 따라 조금만 올라가면 등 뒤로는 푸르른 숲이, 눈앞에는 고요한 바다가 펼쳐지는 근사한 장소가 있거든요. 그곳에 놓인 나무 그네에 앉아 바람을 맞고 있으면 제가 지나치게 걱정하고 슬퍼하는 모든 것들이 하찮게 느껴집니다. 그래, 이런 게 행복이지. 행복이 뭐 별건가 싶어서요. 그 아무것도 아닌 시간이 저의 서러운 마음을 달래주었습니다. 산책은 덕질과는 또 다른 방식으로 저를 살게 해요.

좋아하는 마음이 너무 과해서 크게 체하고 난 뒤부터는 삶이 전복되지 않도록 마음의 용량을 여러 갈래로 나누고 있습니다. 요즘 제 일상은 세 가지로 구성됩니다. 일과 덕질과 산책. 세 가지 중에 하나만 없어도, 혹은 하나에만 치중해도 일상의 균형이 무너지는 느낌이 들어요. 일 때문에 힘들 땐 덕질을, 덕질 때문에 괴로울 땐 산책을, 덕질이나 산책에서 얻지 못하는 즐거움은 일이 채워줍니다. 장 자끄 상뻬의 책 제목처럼 『인생은 단순한 균형의 문제』일지도 모르겠어요.

> 올리브는 생이 그녀가 '큰 기쁨'과 '작은 기쁨'이라고 생각하는 것들에 달려 있다고 생각했다. 큰 기쁨은 결혼이나 아이처럼 인생이라는 바다에서 삶을 지탱하게 해주는 일이지만 여기에는 위험하고 눈에 보이지 않는 해류가 있다. 바로 그 때문에 작은 기쁨도 필요한 것이다. 브래들리스의 친절한 점원이나, 내 커피 취향을 알고 있는 던킨도너츠의 여종업원처럼.
>
> 엘리자베스 스트라우트, 『올리브 키터리지』(권상미 역, 문학동네, 2010)
>
> 「작은 기쁨」 124p 중에서

## 열렬히 좋아하는 사람만이 느끼는 인생의 가치



대체 사랑이란 무엇인가. 무궁무진한 함수로 이어져 있는 미궁이 아닌가. 우리는 사랑해선 안 될 사람을 사랑한 죄인이 될 수도 있고 사랑해 마땅한 사람을 사랑하는 행운아일 수도 있고 세상에는 돌고래나 대형 수목과, 심지어 좋아하는 책상과 결혼한 사람도 있다. 그런 목재로 만들어진 반려자는 왁스를 먹여주는 일 이외에 별다른 관리가 필요하지 않고 상상력만 발휘한다면 다양한 스킨십도 가능하다고 책상과 결혼한 여자가 하는 말을 들은 적이 있었다. 그러니까 상상력만 있다면 불운한 사랑이란 없는 것이었다.

김금희, 『오직 한 사람의 차지』(문학동네, 2019)

「사장은 모자를 쓰고 온다」 50p 중에서

그 세계의 일부가 되기 전까지는 절대로 이해할 수 없는 일들이 있습니다. 덕질이 그렇지요. 자신의 존재도 모르는 대상에게 열정적이고 헌신적인 사랑을 쏟아본 적 없는 사람들은 이 사랑을 헛되고 쓸모없는 것으로 취급합니다.

"아이돌이 왜 좋아? 철없는 10대도 아니고 진짜 궁금해서 그래."

"콘서트를 보러 외국에 간다고? 대단하다, 대단해."

"네가 그러니까 연애를 못 하는 거야."

"이러고 다니면 남편이 뭐라고 안 해?"

30대에 덕질을 시작한 저에게도 호기심과 걱정을 가장한 은근한 조롱이 따라왔습니다. 나를 잘 아는 사람이든 모르는 사람이든 그들은 제가 이 나이에 아이돌을 좋아한다는 사실만으로 한심해하는 듯했어요. 방탄소년단이 광고하는 적금 통장을 만들러 은행에 갔을 때 저를 바라보던 은행원의 노골적인 시선은 지금도 잊히지 않습니다. 그럴 때마다 되묻고 싶었습니다. 당신은 감독이나 선수들이 당신 존재를 알아줘서 스포츠를 좋아하는 거냐고, 내가 아이돌 콘서트가 아니라 미술 작품이나 뮤지컬을 보러 외국에 간다고 했어도 그런 반응을 보였을 거냐고요.

아이돌을 좋아하는 여자 팬들을 흔히 '빠순이'라고 부르지요. '오빠순이'를 줄여 만든 이 말은 아이돌을 좋아하는 팬들이 대부분 10대 여성일 거라는 편견을 바탕으로 합니다. 덕질을 '직업이 없는 철없는 10대나 할 법한 한심한 짓'으로 보는 거지요. 그런 부정적인 시선 때문에 덕질을 처음 시작했을 땐 주변을 의식하느라 주저하는 순간들이 많았어요.

요즘 덕질은 트위터에서 정보 공유와 소통이 이루어

지는데 처음엔 주변 사람들에게 덕질하는 걸 들킬까 봐 소심하게 눈팅만 했어요. 결국엔 제대로 '앓기 위해' 덕질용 비밀 계정을 따로 만들고 말았지만요. 덕메들과 방탄소년단 없는 방탄소년단 팬미팅 '아미피디아 행사'에 참석하러 시청 앞 광장에 갔을 땐 아는 사람을 만날까 무서워 마스크로 얼굴을 꽁꽁 가렸습니다. 전광판에 나오는 방탄소년단을 보며 소리 지르는 어린 팬들 사이에 서 있으니 내가 여기서 뭐하고 있나 싶어서 현타[8]가 오더라고요.

실은 지금도 사람들 앞에서 '덕질하는 나'를 보여줘야 할 땐 저도 모르게 눈치를 살피곤 해요. 저 역시도 이 세계에 발을 들이기 전까진 덕질을 무시하던 사람들과 별반 다르지 않았으니까요. 아이돌을 좋아하는 동생에게 그러다 제부한테 미움 산다고, 적당히 하라는 잔소리를 한 적도 있고요. 심지어 입덕 초기에는 콘서트를 보러 홍콩에 간다는 덕메들을 보며 '아휴, 아무리 아이돌이 좋아도 저건 오버다' 속으로 생각했던 적도 있었거든요. 그래 놓고 고작 두 달 뒤, 웸블리 콘서트에 가겠다고 런던행 티켓을 끊었으니 인생은 정말 모를 일입니다.

### 그러니까 우리, 더 많이 사랑을 해요

『환상통』과 『단순한 열정』은 스스로를 불태울 만큼 열렬히 사랑하는 존재들이 주인공으로 등장하는 소설입니다. 전자가 아이돌 그룹의 한 멤버를 사랑해 그의 모든 것을 열성적으로 쫓는 20대 여성 m과 만옥의 이야기를 그렸다면, 후자에는 사랑해선 안 될 사람과의 열병 같았던 사랑을 고백하는 아니 에르노의 자전적 이야기가 담겨 있지요. 두 이야기 모두 직접 경험하기 전까지는 절대로 이해할 수 없는 사랑의 형태일 테지만, 한 번이라도 삶에서 다른 누군갈 자신보다 더 사랑해본 적 있는 사람이라면 소설 속에서 자기 자신을 발견할 수 있을 거예요.

> 나는 누군가 우리의 사랑을 비웃을 때마다 속으로 기도해요. 간절함을 아는 사람이 가장 절실한 기도를 할 수 있기에, 나는 나의 기도가 가장 효과적이라는 걸 알아요. 방송국 앞에서, 사람들이 경멸에 찬 눈으로 보거나 욕을 하고 지나갈 때마다 나는 생각합니다. 당신은 평생 이 정도로 사랑하는 감정을 알지 못할 거야, 라구요.

이희주, 『환상통』(문학동네, 2016) 11p 중에서

> 어렸을 때 내게 사치라는 것은 모피 코트나 긴 드레스, 혹은 바닷가에 있는 저택 따위를 의미했다. 조금 자라서는 지성적인 삶을 사는 게 사치라고 믿었다. 지금은 생각이 다르다. 한 남자, 혹은 한 여자에게 사랑의 열정을 느끼며 사는 것이 바로 사치가 아닐까.

아니 에르노, 『단순한 열정』(최정수 역, 문학동네, 2012) 66~67p 중에서

[8] '현실 자각 타임'을 줄여 이르는 말로, 헛된 꿈이나 망상 따위에 빠져 있다가 자기가 처한 실제 상황을 깨닫게 되는 것을 말합니다.

소설 속 그들은 말합니다. 사랑 덕분에 온몸으로 시간을 헤아리며 살았고, 가능한 최대치의 행복을 누렸으며, 다른 사람들이 그랬다면 무분별하다고 생각했을 신념과 행동을 스스럼없이 행할 수 있었다고. 그러니 그 사람이 사랑할 만한 '자격'이 있는지, 그럴 만한 '가치'가 있는지 따져 묻지 않아도 사랑은 그 자체만으로도 의미가 있다고 말이에요.

'만약 내가 누군가의 팬이 아니었다면 이런 감정은 평생 모르고 살았을 거'라는 m의 말을 떠올립니다. 덕질을 시작한 뒤로 저 역시 다양한 감정을 새로이 배웠습니다. 방탄소년단 멤버의 생일에 덕메들과 함께 이벤트 장소를 쏘다니며 어른이 되어서도 순진한 즐거움을 느낄 수 있다는 걸 알게 되었고, 다른 사람들이 나를 어떻게 볼까 눈치 보며 살기 바빴던 내가 마음 가는 대로 공연을 즐기며 '자유롭다'라는 감정이 얼마나 귀한 것인지 몸으로 느꼈습니다. 콘서트 티켓팅에 성공했을 땐 닭똥 같은 눈물을 뚝뚝 떨구며 '눈물 날 정도로 행복하다'라는 표현이 그냥 하는 말이 아니라는 걸 깨달았고요. 저는 지금 인생에서 그 어느 때보다 생생히 살아 있다는 감각을 느끼며 살고 있어요.

아이돌 덕질을 하며 가장 많이 듣는 이야기는, "네가 그렇게 정성을 쏟는다고 걔네들이 널 알아주기나 하냐?"는 핀잔일 거예요. 그들은 돌려받지 못하는 제 사랑을 탓하며 덕질에 쓸 시간과 돈으로 주변 사람들이나 더 챙기라고 꾸짖듯 말합니다. 사람들은 제가 부질없는 사랑을 한다고 말하지만 저는 이미 차고 넘치게 돌려받고 있습니다. 제가 느끼고 있는 이 선명한 행복이 사랑의 대가가 아니면 대체 뭘까요?

모두에게 이해 받을 수 없을지는 몰라도 이것 하나만큼은 확실합니다. 저는 인생에서 가장 호사스러운 한 시절을 보내고 있다는 것. 그리고 열렬하게 사랑할 수 있는 날이 단 한순간이라도 있다면 그 삶은 결코 헛되지 않다는 것.

그러니까 우리, 더 많이 사랑을 해요.

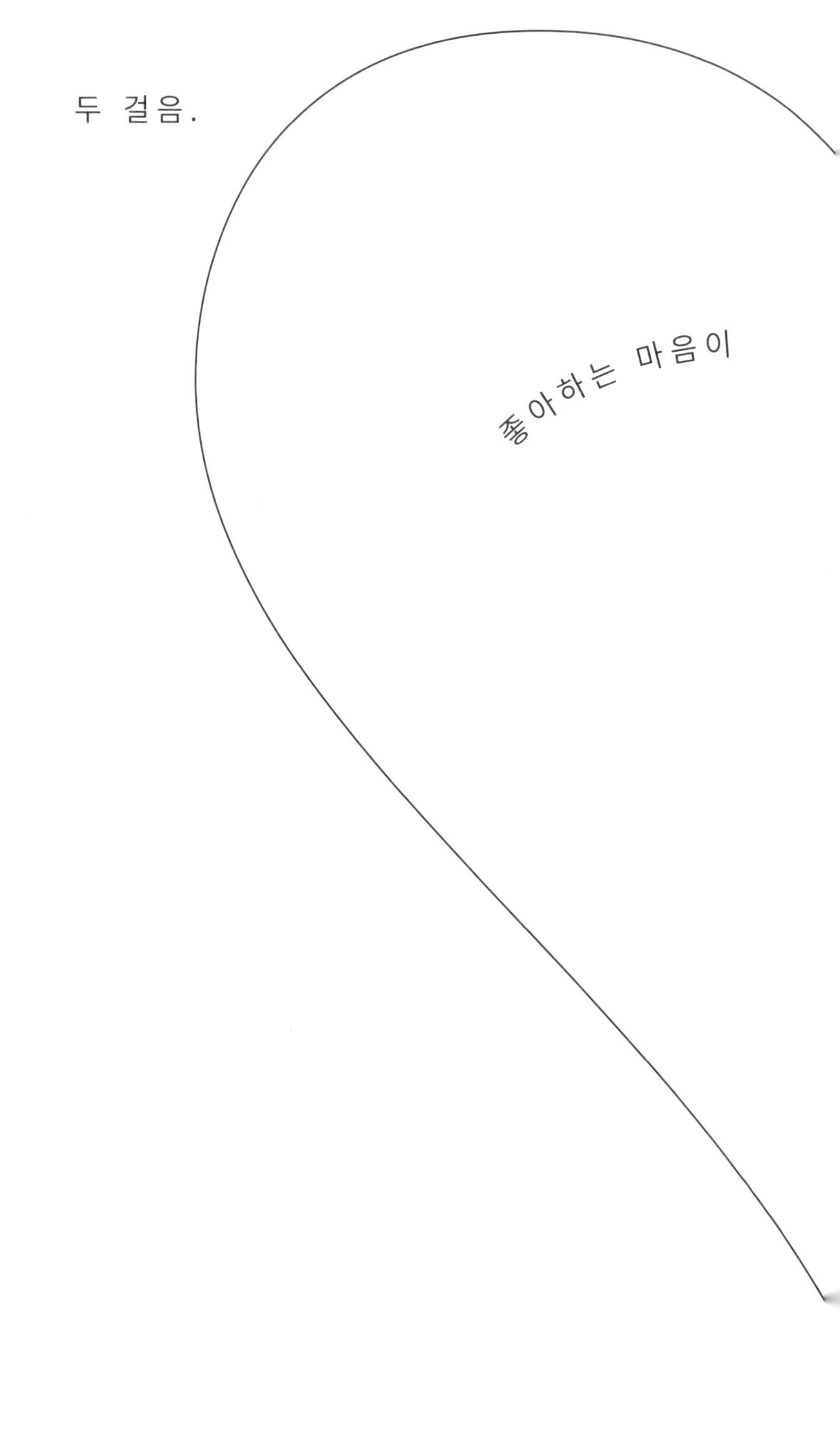
두 걸음.
좋아하는 마음이

나를 더 잘 알게 했습니다

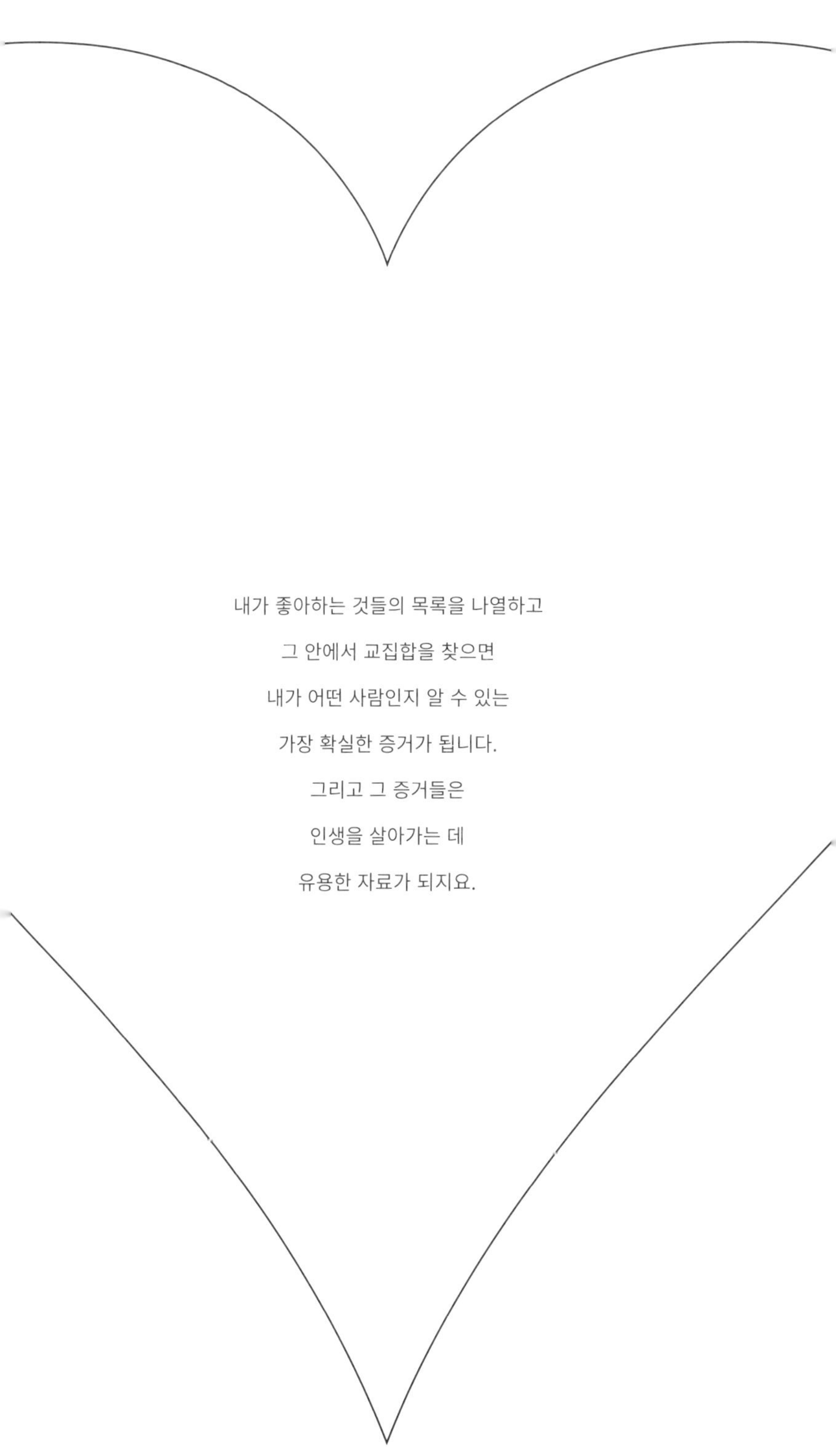

내가 좋아하는 것들의 목록을 나열하고

그 안에서 교집합을 찾으면

내가 어떤 사람인지 알 수 있는

가장 확실한 증거가 됩니다.

그리고 그 증거들은

인생을 살아가는 데

유용한 자료가 되지요.

# 초라함이 우리를 키울 거예요



첫 직장은 연예인이나 셀럽의 책을 펴내는 출판사였습니다. 일반적인 출판사와는 달리 잡지사 분위기가 강해서인지 회사에는 세련된 취향을 가진 사람들이 많았지요. 지방 소도시에서 갓 상경한 저는 처음으로 제 취향이 가난하다는 걸 알게 되었습니다. 아무 생각 없이 들고 다닌 가방이 유명 브랜드의 짝퉁이란 걸 알고 쥐구멍에 숨고 싶었던 적도 있고, 원고 교정을 보다 '자쿠지Jacuzzi'라는 단어를 처음 보고 선배에게 물어봤다가 무안을 당한 적도 있어요. 어느 날은 선배의 옷에 'MJ'라고 적힌 배지를 보고 고등학교 때 매점에 자주 가서 별명이 'MJ'였던 친구 얘기를 꺼냈는데, 알고 보니 그게 디자이너 '마크 제이콥스Marc Jacobs'의 약자였지 뭐예요. 너무 창피해서 얼굴이 화끈거렸습니다.

선배들은 그런 저를 순수하고 귀엽게 봐주었지만 저는 스스로가 부끄러웠습니다. 그래놓고는 포항에 가면 "이 브랜드 몰라? 서울에선 요즘 이게 유행인데 너넨 이런 거 모르지" 하고 『동백꽃』의 점순이처럼 으스댔지요. 제가 생각해도 참 형편없었습니다. 마크 제이콥스와 매점 사이의 간극만큼이나 서울과 포항의 문화적 간극은 멀고도 깊어서, 서울에서의 저는 늘 초라했고 포항에서의 저는 자주 비참했어요.

### 채워도 채워도 모자란, 나의 취향

김애란의 소설집 『비행운』에 실린 단편 「큐티클」 속 여자는 지방 출신으로 서울에서 자취를 합니다. 그는 대학 동기의 결혼식장으로 향하는 길이에요. 지적인 분위기를 풍기고 싶어 검정 스커트에 파란색 블라우스를 입고 9센티 펌프스 힐을 신었지요. '그럴듯해' 보이는 자신의 모습이 마음에 들었던 여자는 결혼식장으로 향하다 난생처음 네일숍을 찾습니다. 네일 케어를 받고 결혼식장에 도착한 여자는 친구들의 감각적인 정장을 보자 자신이 의기양양하게 걸치고 온 것들이 유행이 지난 것처럼 느껴져 풀이 죽습니다. 파란색 블라우스는 땀에 젖어 겨드랑이가 군청색으로 변해버렸고요. 그러면서도 내심 누군가 자신의 손톱을 봐줬으면 싶지만 알아차리는 사람은 아무도 없어요.

여자는 결혼식장에서 나와 남산에서 친구를 만납니다. 친구와 캔 맥주를 마시려다가 캔 따개를 딸 때 손톱이 상할 것 같아 잠시 주저하지요. 결국 '에라 모르겠다' 싶은 마음으로 캔 따개를 땄고 손톱은 찢어져버렸습니

다. 그걸 본 친구가 네일 케어를 받은 거냐고 물어보지만 여자는 아니라고 잡아떼요. 결혼식장에서는 누군가 알아주길 그렇게 바랐는데 이상하게 친구 앞에선 감추고 싶은 마음. 저의 20대는 늘 「큐티클」 속 여자 같았습니다.

그다음 직장은 홍대 근처에 위치한 큐레이션 서점이었습니다. 세련된 취향을 가진 대표님과 동료들을 어깨너머로 지켜보며 저는 서울 생활 초기에 겪었던 취향의 결핍을 서서히 채워나갔습니다. 그런 시간이 몇 년쯤 쌓이자 물건이나 옷을 살 때, 책과 음악을 고를 때, 실패하지 않는 '나만의 취향'이라는 게 생겼지요.

취향에 대한 열등감을 어느 정도 극복했다고 여길 때쯤 회식으로 이태원 LP바에 갔습니다. 신청곡을 적어 내라는 말에 다들 아무렇지 않게 노래 제목을 적는 동안 저는 아무것도 쓸 수 없었어요. 이런 곳에서는 왠지 근사한 팝을 신청해야 할 것 같은데, 제가 아는 노래들은 이런 곳과는 어울리지 않을 것 같았거든요.

내 취향은 여전히 가난하구나. 아직도 난 멀었구나. 어쩌면 영원히 채우지 못하는 건 아닐까. 근사한 사람들 사이에서 혼자 초라했습니다. 취향은 저에게 허기의 다른 이름 같았어요. 채워도 채워도 모자란.

## 초라함이 너를 키울 테니까

덕질을 시작하면서 해외 주요 음악 시상식을 챙겨 보고, 방탄소년단과 작업하거나 그들이 즐겨 듣는다고 언급한 해외 가수들의 노래를 따라 듣다 보니 음악 취향이 꽤 바뀌었습니다. 팝으로 빼곡히 찬 플레이리스트를 보다가 문득 몇 년 전 LP바에서 집으로 돌아가던 초라한 밤이 떠올랐어요.

이런 거였는데. 고작 이거였는데. 나는 왜 그렇게 주눅 들었던 걸까. 어처구니없기도 하고 안쓰럽기도 하고. 그날의 나를 꼭 안아주고 싶었습니다. 취향이 가난하다고 느꼈기에 더 열심히 탐색하고 부지런히 흡수했던 과거의 저에게 말해주고 싶어요.

"슬퍼하지 마, 너의 초라함이 너를 키울 테니까."

> 약점이 있는 사람은 세상을 감지하는 더듬이 하나를 더 가진다. 약점은 연약한 부분이라 당연히 상처 입기 쉽다. 상처받는 부위가 예민해지고 거기에서 방어를 위한 촉수가 뻗어 나오는 것이다. 그들에게는 자신의 약점이 어떻게 취급당하는가를 통해 세상을 읽는 영역이 있다.
>
> 은희경, 『빛의 과거』(문학과지성사, 2019) 112p 중에서

# 좋아하는 마음에도 권태기가 있어요

책 곁을 맴돌며 일한 지 만 10년이 되었습니다. 이쯤 되면 프로페셔널한 직업인이 되어 있을 줄 알았는데 경력이 쌓이면 쌓을수록 확신은커녕 점점 더 모르겠어요. 이 길이 내 길이 맞는 건지, 이게 정말 최선의 삶인지. 운영하던 서점을 닫고 잠시 쉬어 가기로 결정하고서는 한동안 책과 상관없는 새로운 직업을 가져볼까 고민하기도 했습니다. 한때는 저를 설레게 했던 책의 세계가 이제는 권태로웠으니까요.

서점원으로 일하며 힘든 순간은 차고 넘치게 많았습니다. 들이는 수고나 품에 비해 턱없이 적은 마진, 무례한 손님들로부터 받는 스트레스, 깊이에 대한 강박…. 그런데도 나는 왜 계속 책 곁을 고집하는 걸까? 지금까지 해온 게 아깝기도 하고 책과 관련된 일 말고는 뭘 잘할 수 있을지도 몰라서 결국 제자리로 돌아왔지만 공허함은 사라지지 않았습니다.

## 내 꿈의 출처

2019년 9월, 방탄소년단의 멤버 제이홉이 솔로곡 <Chicken Noodle Soup>를 발표했습니다. 뮤직비디오에는 제이홉과 피처링으로 참여한 미국 가수 베키 지, 그리고 50여 명의 댄서들이 춤을 추는 장면이 원테이크로 펼쳐졌지요. 뮤직비디오 마지막 장면을 볼 때마다 딱히 울 만한 포인트도 없는데 생뚱맞게 눈물이 나올 것 같았습니다. 춤을 즐기는 제이홉의 얼굴이 진심으로 행복해 보였거든요.

제이홉은 브이 라이브를 통해 작업 뒷이야기를 들려주었습니다. <Chicken Noodle Soup>는 2006년 미국의 아티스트 웹스타와 영 비가 발표한 동명의 곡에서 후렴구를 샘플링해 만든 곡으로, 제이홉은 이 노래를 들으면서 처음 춤을 배웠다고 해요. 가사에는 광주의 한 댄스 아카데미에서 춤을 배우고 댄스팀에 입단해 스트리트 댄서로 활동하며 꿈을 키워온 이야기를 담았습니다. 특별한 의미가 담긴 곡인 만큼 자신에게 처음 춤을 가르쳐 주었던 형에게 부탁해 안무를 짰고, 헤어스타일이나 액세서리도 자신의 어린 시절을 떠올릴 수 있도록 세심하게 신경 썼다는 설명까지 듣고 나자 제가 왜 뮤직비디오를 보면서 눈물이 났는지 알 것 같았어요. 자신이 출발한 곳에 대한 사랑과 자부심을 잊지 않은 제이홉은 반짝반짝 빛나고 있었습니다. 그 모습이 눈물이 날 만큼 눈부셨던 거예요.

제이홉이 <Chicken Noodle Soup>를 들으면서 처음 춤을 배웠다면, 저는 금성출판사에서 나온 학습 만화를 읽으며 책의 재미에 빠졌습니다. 맞벌이로 바쁘셨던 부모님이 사주신 20권짜리 교과 학습 만화와 40권짜리 과학 학습 만화 세트. 밥을 먹을 때도 화장실에 갈 때도 손에서 책을 놓는 법이 없었지요. 반응이 기대 이상이었는지 부모님은 얼마 지나지 않아 같은 출판사에서 나온 '한국의 역사' 시리즈 48권 세트를 추가로 선물해주셨어요. 거실 한편에는 언제나 나만을 위해 준비된 무한한 세계가 있었지요. 어떤 날은 속담의 세계로, 어떤 날은 신라 시대로, 어떤 날은 우주로. 하도 많이 읽어서 내용을 달달 외울 정도가 되었을 무렵부터는 눈을 감고 손을 움직여 무작위로 읽을 책을 뽑았습니다. 오늘은 어떤 세계의 문을 열어볼까. 닳아 헤진 책등이 손끝에 닿아오는 그 순간을 설레는 마음으로 기다렸어요.

단지 그뿐이었는데. 책과 함께하는 날들이 좋아서, 그래서 책 곁에 머물고 싶었던 거였는데. 너무 오래돼 잊고 있었습니다. 날 괴롭히는 일들이 있기 전에 책으로 행복했던 첫 마음이 있었음을요.

## 일의 구성 요소

'BTS WORLD TOUR LOVE YOURSELF' 뒷이야기를 담은 다큐멘터리 <BRING THE SOUL : DOCU-SERIES>[9]에서 RM은 일의 기쁨과 슬픔을 '축제'에 비유해 이야기합니다.

"제 말로 이렇게 표현을 해요. 축제는 짧은데 쓰레기는 오래 남는다고. 짧아요, 축제는. 근데 그 준비 기간이랑 치우고 뒷감당하는 거 엄청 길잖아요. 근데도 사람들은 매년 축제를 기다리고 준비한단 말이에요. 사람도 사실은 고통스러운 순간이 훨씬 많죠. 빈도 수로 따지면. 다만 행복을 주는 그런 순간들이 있잖아요. 그게 너무 강렬한 거예요. 그 도파민이. 그래서 사람들이 그걸 못 잊잖아요. 그게 너무 소중하잖아요."

책을 만지며 일해온 지난 10년 동안 저에게도 축제의 한 장면으로 기억되는 어떤 순간들이 있습니다.

편집자에서 서점원으로 전직하고 얼마 되지 않았을 때예요. 관심 있게 지켜보던 작은 출판사에서 신간이 나온다기에 눈에 잘 띄는 곳에 진열하고 책이 떨어지지 않도록 신경을 썼습니다. 제가 한 일은 단지 그것뿐이었어요. 그리고 두어 달쯤 지나 출판사 대표님으로부터 메일을 받았습니다.

'정지혜 매니저님, 오늘은 특별히 감사 인사를 드리려고 메일을 씁니다. 『동사의 맛』이 2쇄를 찍었습니다. 두 달 만에 초판을 다 팔 수 있다니 놀라운 일이지요. 곰곰 생각해 보았습니다. 책이 나오기 전부터 관심을 보여주

[9] 다큐멘터리 <BTS : Burn the Stage>의 후속작입니다. 총 6부작으로 구성된 <BRING THE SOUL : DOCU-SERIES>는 방탄소년단 공식 팬 커뮤니티 '위버스'에서 구매 후 시청할 수 있어요.

셨던 정지혜 매니저님이 떠오르더군요. 처음 책을 진열한 곳도 땡스북스였고 가장 먼저 반응이 온 곳도 땡스북스였습니다. 거기서 책을 사서 읽은 분들이 입소문도 많이 내주셨고요. 그렇게 생각해보니 그냥 아무 말씀 없이 그냥 지나쳐서는 안 되겠다 싶었습니다. 서점원의 책에 대한 관심과 애정이 책의 운명에 얼마나 큰 영향을 미치는지 사무치게 깨닫습니다. 이러한 깨달음을 얻게 해주셔서 감사해요.'

열정만 뜨거웠지 재능은 없어 보였던 저에게 그 메일은 자격증이나 다름없었습니다. 서점원으로 일하는 데 필요한 자격은 오로지 책에 대한 관심과 애정일 뿐이고, 그것으로 너는 이미 충분하다는 인정.

'책과 거리가 먼 사람이었는데 올려주시는 소개글을 보고 관심이 생겨 요즘은 매달 한두 권씩 책을 읽고 있어요.'

'처방해주신 책을 읽고 용기 내어 이런저런 시도들을 해보았어요. 아마 그때 책 처방을 받지 않았더라면 지금의 저는 없었을지도 몰라요.'

SNS에 올린 책 소개글에 누군가가 남긴 댓글, 사적인 서점을 다녀간 손님이 보내온 편지…. 출판사와 독자들로부터 건네받은 기쁨과 보람이 저를 계속해서 책 곁에 머물게 했다는 걸 잊고 있었습니다. RM의 말처럼 축제는 짧고 쓰레기는 오래 남았으니까요.

<BRING THE SOUL : DOCU-SERIES> 마지막 화에서 RM은 투어의 소감을 묻는 제작진에게 이렇게 이야기합니다.

"이 고통이 없어진다는 건 이 희열이 끝난다는 거죠. 네, 그러면 없어질 수 있어요."

축제를 준비하는 지난한 과정도, 축제가 끝난 뒤에 남는 쓰레기도 모두 축제의 일부이듯이, 일의 괴로움도 권태도 의심도 내 일을 구성하는 일부라는 걸 왜 몰랐을까요. 고통은 없애야 하는 것이 아니라 내 일을 구성하는 필수 불가결한 요소라는 것을 인정하자 앞으로 해야 할 일이 또렷이 보였습니다.

### 좋아하는 마음에 먼지가 쌓이지 않도록

이 일을 시작하도록 이끈 첫 마음은 너무 오래돼 희미해지고, 이 일을 계속하도록 미는 만족감은 귀한 만큼 드물어서, 우리는 종종 이 마음들을 잊어버리곤 합니다. 까딱 방심하는 사이 일의 괴로움, 권태, 의심 같은 것들이 우리를 압도해버리니까요.

저희 집 부엌에는 손님들로부터, 동료로부터, 작가님으로부터, 출판사로부터 받은 편지들이 냉장고와 싱크대 상부장에 옹기종기 붙어 있습니다. 좋아하는 마음에 먼지가 쌓이지 않도록 눈에 잘 띄는 곳에 붙여 두고 틈틈이 들여다보는 거예요.

'언제나 친구입니다. 고마워! 책을 읽을 때의 CD입니다. 가게에서 흘릴 수 있을까?'

바다 건너 다정한 친구, 도쿄의 작은 책방 SUNNY BOY

BOOKS의 다카하시가 선물해준 음반 안에 들어 있던 편지는 벌써 수십 번을 넘게 읽었는데도 '가게에서 흘릴 수 있을까?' 대목에서 매번 웃음이 터져요.

그 옆엔 '책상 정리를 하다 교토의 헌책방에서 샀던 사진집을 발견했는데 어쩐지 지혜 씨 책장에 더 잘 어울릴 것 같다'며 다정한 동료 은정 님이 교토 사람들의 책 읽는 모습이 담긴 사진집과 함께 보내준 편지가 있습니다.

'저에겐 두 번째 책을 쓰는 일이 첫 책을 쓸 때보다 훨씬 어렵고 외로웠는데요. 책이 세상에 나오기 전까진 이 책의 모든 이야기를 아는 사람은 저자와 편집자 두 사람뿐이잖아요. 그 사실이 이번엔 유독 겁이 나서, 책을 내기 전에 이 이야기를 읽어줄 독자가 한 명만 있으면 좋겠다는 생각을 자주 했어요. 아마도 응원을 받고 싶었겠지요. 그런 날들 중에 도착한 추천사가 얼마나 힘이 됐는지요.'

이건 『작별 인사는 아직이에요』 추천사를 쓰고 김달님 작가에게 받은 편지입니다. 이 편지를 읽을 때마다 자신의 이야기를 세상에 꺼내어 보이는 일의 무게에 대해 생각해보곤 해요. 나는 계속해서 이 사람의 이야기를 듣고 싶으니 내가 낼 수 있는 힘껏, 목소리 높여 응원하는 일을 주저하지 말아야겠다는 생각도요.

김달님 작가의 편지 옆에는 사적인서점의 세 번째 책처방 손님이었던 은경 님이 자신이 쓴 첫 책 『오늘도 쓸데없는 것을 만들었습니다』를 선물하며 함께 부친 편지가 있습니다.

'이런 것이 책이 될까 하며 묵혀뒀었는데 지혜 님에게 처방전으로 받았던 책 덕에 개인 출간도, 출판사 투고도 도전해볼 수 있었습니다. 제 인생의 작은 터닝포인트였던 것 같아요.'

내가 전한 한 권의 책이 누군가의 인생에 닿아 싹을 틔운 풍경은, 저를 계속해서 책 곁에 머무르게 하는 힘이 되어주지요.

냉장고에서 물을 꺼내 마시면서, 설거지를 하면서, 일상에서 수시로 축제 속 한 장면을 꺼내봅니다. 첫 마음이 빛바래지 않도록, 계속하고 싶은 마음에 먼지가 쌓이지 않도록. 모든 날들이 빛나기를 욕심내기보다는, 드물게 만나기에 더없이 찬란한 순간들을 부지런히 닦고 가꾸는 사람이 되고 싶어요.

## 스스로의 고고학자 되기

제가 운영하는 사적인서점은 일반 서점과는 영업 방식이 조금 다릅니다. 한 사람을 위해 책을 처방하는 예약제 서점으로, 손님과 일대일로 마주앉아 한 시간 동안 자유롭게 이야기를 나누고 일주일 뒤 손님에게 꼭 맞는 책을 골라 보내주는 책 처방 프로그램이 주요 서비스지요. 책 처방을 진행하면서 놀라웠던 건 저는 '책'에 대해 물어보았을 뿐인데, 답에서 그 책을 읽은 '사람'이 드러난다는 점이었습니다. 책 처방 프로그램 신청서에는 인생에서 가장 좋아하는 책 세 권과 그 이유를 알려 달라는 질문이 있습니다. 두 권일 땐 그 사이에서 교집합을 찾기 어렵지만 세 권일 땐 확연히 드러나기 때문이에요.

한 손님이 골라온 세 권의 책은, 다섯 살 때 기차 사고로 인해 두 다리와 오른팔을 잃은 사서 신명진의 에세이 『지금 행복하세요?』와 25년간 호스피스 의사로 일해온 저자가 죽음을 앞둔 사람들을 통해 마음을 치유해가는 이야기 『일주일이 남았다면』, 지하철 사고로 하반신 불구가 된 아내 때문에 고통 속에서 하루하루를 보내던 저자가 그림을 그리며 주위를 다시 바라보고 느끼게 된 과정을 담은 『모든 날이 소중하다』였습니다. 모두 질병, 장애, 죽음을 극복한 사람들의 경험담이라는 공통점이 있지요. 손님에게 그 점을 짚어주니 "그러고 보니 소설은 왠지 모르게 손이 안 갔던 것 같아요. 여기 골라온 책들처럼 삶의 시련을 이겨낸 사람들의 생생한 이야기가 저에게 힘을 줘요"라고 대답했습니다.

또 다른 손님은 『하루키 잡문집』, 『개인주의자 선언』 『위대한 개츠비』 세 권을 인생책으로 꼽았습니다. 장르가 겹치는 것도 아니고, 작가들끼리 비슷한 특징도 없고, 공통점이라고는 전혀 없어 보이는 책들이라 교집합을 찾기가 어려웠어요. 손님도 그냥 좋아서 고른 거라 딱히 이유가 없다고 했고요. 그런데 이 책의 어떤 장면이, 어떤 구절이 특히 인상적이었는지 꼬치꼬치 캐물으니 예상치 못한 대답이 나왔습니다. 손님이 추구하는 삶의 기준은 '작지만 확실한 행복'인데 권위적이고 성과주의가 강한 조직에서 일하다 보니 가끔은 '내가 잘못된 건가? 성공할 자신이 없어서 정신승리하는 건 아닌가?' 하는 생각이 들어서 울적해질 때가 있다고요. 그럴 때 이 책들을 읽으면 내가 잘못 살고 있는 게 아니라는 생각이 들어서 안심이 된다고 했습니다. 그제서야 세 권의 책을 관통하는 주제가 눈에 들어왔습니다.

호흡이 짧은 에세이나 단편 소설밖에 못 읽는다고 푸

념을 늘어놓던 손님의 배경에는 언제 어떤 일이 생길지 몰라 항상 대기하고 있어야 하는 '기자'라는 직업이 있었고, 판타지 소설을 즐겨 읽는다는 손님에게는 책 읽는 시간만큼은 팍팍한 현실에서 벗어나 다른 세계로 도망치고 싶어 하는 속마음이 있었습니다. 그냥 손이 자주 가서 읽는 줄 알았던 책들이 알고 보니 단순한 기호를 넘어 인생의 방향과 태도까지 보여주고 있던 거예요.

내가 좋아하는 것들의 교집합

문득, 저의 독서 취향이 궁금해졌습니다. 책장에서 제가 각별히 아껴 읽은 책들을 꺼내 한데 모았어요. 천 권에 가까운 책들 중에서 서른 권 정도가 추려졌습니다. 그다음엔 그것들의 교집합을 찾았어요. 처음엔 단순하게 분야별로 나누었다가 작가에 따라 주제에 따라 나눠보기도 하고, 힘주어 밑줄 그었던 구절들을 살펴보면서 내가 이 책들을 유난히 아끼는 이유와 책을 읽고 내 안에 남아 있는 것들에 대해 생각해보기도 했습니다.

『헝거』를 쓴 록산 게이, 『단순한 열정』을 쓴 아니 에르노, 『나의 두 사람』을 쓴 김달님은 '창작이 도저히 따라올 수 없는 자기 서사[10]'를 가진 작가라는 공통점으로 묶을 수 있었습니다. 최혜진의 『유럽의 그림책 작가들에게 묻다』, 한수희의 『무리하지 않는 선에서』, 김소연의 『나를 뺀 세상의 전부』에서는 닮고 싶은 삶의 태도를 가진 작가라는 공통점을 발견했지요. 그들의 성실함을, 생활감을, 섬세함을 닮고 싶어서 여러 번 들춰보았던 책들입니다.

엘리자베스 스트라우트의 『올리브 키터리지』, 조너선 사프란 포어의 『엄청나게 시끄럽고 믿을 수 없게 가까운』과 최은영의 『쇼코의 미소』는 제가 소설을 읽는 이유, '당사자가 아니면 절대 완벽하게 이해할 수 없는 일들을 함부로 말하지 않기 위해 우리는 더 많은 소설을 읽으며 더 많은 타인이 되어야 한다[11]'를 떠올리게 했고요. 김애란의 『비행운』에는 채워도 채워도 모자랐던 나의 가난했던 취향이, 안드레 애치먼의 『콜 미 바이 유어 네임』에는 마음의 마음을 건네주었던 지난날의 사랑이, 켄트 하루프의 『밤에 우리 영혼은』에는 남의 눈치를 보고 사느라 내가 찾은 행복조차 놓치고 살던 과거의 제가 박제되어 있었습니다. 존 윌리엄스의 『스토너』와 세스의 『약해지지만 않는다면 괜찮은 인생이야』, 루이제 린저의 『삶의 한가운데』에는 '행불행의 경계를 무너뜨리는 책들'이라는 이름을 붙이면 좋을 것 같았어요. 성공과 실패, 행복과 불행으로 구분 짓기에 우리 인생은 너무 크다는 걸, 이 책들을 읽으며 배웠으니까요.

10 <채널예스> 엄지혜 기자가 『나의 두 사람』을 소개하며 쓴 표현을 인용했습니다(2018.5.16. http://ch.yes24.com/Article/View/35982).

11 하현, 『이것이 나의 다정입니다』(빌리버튼, 2018) 229p 중에서

삶에 생기 있는 자극이 필요할 때는 빈센트 반 고흐의 『반 고흐, 영혼의 편지』, 정혜윤의 『사생활의 천재들』, 김정연의 『혼자를 기르는 법』을 자주 찾아 읽었습니다. 불안정한 현실 속에서도 스스로가 선택한 방식으로 삶을 꾸려나가는 이들의 이야기가 힘이 되어주었거든요. 은유의 『글쓰기의 최전선』, 김연수의 『소설가의 일』, 이성복의 『무한화서』는 읽고 쓰며 달라지는 삶을 위해 늘 곁에 두는 책들이고요.

영화감독 니시카와 미와가 쓴 『고독한 직업』이나 13년차 라디오 피디 장수연의 『내가 사랑하는 지겨움』, 알래스카 설원에 생을 바친 사진작가 호시노 미치오의 『긴 여행의 도중』처럼 나와 다른 일을 하고 있는 직업인들의 세계를 들여다보는 책들도 눈에 띄었습니다. 이런 책들을 읽을 때면 그들의 일이 놓인 자리에 '책'이나 '서점'을 대입해 읽는데요. 영화의 자리에 '책'을, 라디오의 자리에 '서점'을 넣어 읽는 거지요. 그러면 내가 몸담고 있는 업계의 관행이나 상식에 얽매이지 않고 새로운 관점이나 자극을 얻을 수 있거든요. 너무 자주 읽어 책 끝이 닳아 있는 『서점은 죽지 않는다』와 이현주의 『읽는 삶 만드는 삶』, 분명 소설책인데 공부라도 하듯이 국립현대도서관 설계 프로젝트와 관련된 부분에만 밑줄을 잔뜩 그어 놓은 『여름은 오래 그곳에 남아』를 볼 때는 내 일에 대한 애정을 눈으로 확인할 수 있었습니다.

내가 읽은 책들을 살펴보고 그 의미를 따져 묻는 일

은, 내 인생의 유물과 유적을 분석하고 연구하는 일이었어요. 내가 거쳐온 과거의 나, 그것들이 만든 지금의 나, 앞으로 내가 가닿고 싶은 모습까지 책 안에 모두 담겨 있었으니까요.

## 취향 채집

> 최선의 방법은 그날그날 일어난 일들을 적어두는 것이다. 뚜렷하게 관찰하기 위하여 일기를 적을 것. 아무리 하찮게 보이는 일이라도, 그 뉘앙스며 사소한 사실들을 놓치지 말 것. 특히 그것들을 분류할 것. 내가 이 테이블, 저 거리, 저 사람들, 나의 담뱃갑을 어떻게 보는가를 써야만 한다. 왜냐하면 변한 것은 바로 '그것'이기 때문이다. 그 변화의 범위와 성질을 정확하게 결정지을 필요가 있다.
>
> 장 폴 사르트르, 『구토』(방곤 역, 문예출판사, 1999) 11p 중에서



책 처방을 진행하는 동안 손님들은 책의 힘을 빌려 꺼내기 어려운 속마음이나 해묵은 고민들을 털어놓았습니다. 그때마다 빠지지 않는 주제가 진로나 직업에 대한 것이었는데, 내가 뭘 좋아하는지 모르겠다고 답답해하는 손님들이 특히 많았지요.

그럴 때 저는 매일 일기 쓰기를 권합니다. 오늘 있었던 일이나 감상을 구구절절 쓸 필요는 없어요. 단지 오늘 하루 가장 즐거웠던 경험과 가장 별로였던 경험에 대해 한 줄씩만 쓰면 됩니다. 그리고 그 데이터를 모아두

었다가 한 달쯤 지나 공통점을 찾아보는 거예요. 행복하다고 느낀 순간에 나는 혼자인지 타인과 함께인지, 타인과 함께라면 일대일 만남이 많은지 여럿이 있을 때가 많은지, 자주 등장하는 장소가 공원이나 바다 같은 자연인지 서점이나 전시회, 영화관처럼 문화적인 자극을 주는 공간인지 살펴보면서요.

스스로의 고고학자가 되어 내가 좋아하는 것들의 목록을 나열하고 그 안에서 교집합을 찾으면 내가 어떤 사람인지 알 수 있는 가장 확실한 증거가 됩니다. 그리고 그 증거들은 인생을 살아가는 데 유용한 자료가 되지요.

행복해지는 법은 간단해요.

좋아하는 걸 더 자주 하고, 싫어하는 걸 덜 하면 됩니다.

우리는 모르는 것을

알게 되기에 감동한다

'2017 멜론뮤직어워드'에서 방탄소년단 멤버 슈가가 수란의 <오늘 취하면>이라는 노래로 '핫트렌드상'을 받았습니다. 방탄소년단이 아닌 개인으로서, 가수가 아닌 프로듀서로서 받은 특별한 상. 그리고 얼마 뒤 열린 '2017 BTS LIVE TRILOGY EPISODE Ⅲ THE WINGS TOUR THE FINAL' 콘서트에서 슈가가 못다 한 수상소감을 전했어요.

"프로듀서상 받았죠. 아, 떨리더라고. 무슨 말을 해야 되는지. 그때 하고 싶은 얘기가 있었는데 못 했었거든요. 편견과 선입견을 내려놓으면 주변에 훨씬 멋진 음악들이 많을 거라고, 그 말을 하려고 했는데 괜히 오지랖 부리는 것 같아가지고. 아무튼 여기 계신 분들이 알고 계시지 않습니까. 편견과 그런 것들을 내려놓으면 훨씬 멋진 아티스트들과 훨씬 멋진 음악이 주변에 있는데. 잘 모르시는 분들이 많지만 여기 수많은 아미 여러분들이 알고 있으니까요."

입덕 초창기에 방탄소년단의 음악을 찾아 듣다가 깜짝 놀랐습니다. 아이돌 노래라고 하면 퍼포먼스가 어울리는 댄스곡이나 흔하디흔한 사랑 노래가 다라고 생각했는데 뜻밖에 마음을 울리는 곡이 많았기 때문이에요. 요즘은 "난 아이돌 음악은 그냥 싫어" 하는 사람들을 만나면 안타까운 마음이 듭니다. 그게 다가 아닌데 싶어서요. 그래서 슈가의 이야기가 더 와닿았는지도 모르겠습니다. 어떤 마음으로 저 말을 꺼내고 싶었을지, 끝내 전하지 못한 마음은 또 어땠을지 짐작이 되었으니까요.

## '덮어놓고' 싫어하는 것들

> 나는 이런 사람이라고 단정 지어버리는 순간 세계는 멈춘다.
>
> 쇼노 유지, 『아무도 없는 곳을 찾고 있어』(안은미 역, 정은문고, 2018) 23p 중에서

저에게도 '덮어놓고' 싫어하는 것들이 있습니다. 생경한 음식은 일단 거부부터 합니다. 치킨무를 그렇게 좋아하면서 낯설다는 이유로 쌈무도 피클도 먹지 않았지요. 고등학교 때는 기숙사에 사는 친구가 집에서 밑반찬을 가져온 적이 있었는데요. 아기 새처럼 한입씩 달라고 입을 벌리는 친구들에게 먹여주다가 제 차례가 되었는데 저도 모르게 "윽, 싫어" 하고 고개를 돌리는 바람에 마음 상한 친구들 달래느라 썰썰맸던 기억도 있습니다. 한 번도 먹어본 적 없다는 이유 하나만으로 케이

크에 있던 체리를 음식물 쓰레기통에 버려서 작업실 사람들을 경악하게 만든 전적도 있고요(이렇게 쓰고 보니 저, 되게 별꼴이었네요).

무섭고 잔인한 걸 싫어해서 공포 영화는 물론이고 같은 이유로 추리 소설도 읽지 않습니다. 그 유명한 애거서 크리스티도, 히가시노 게이고의 작품도 읽어본 적이 없어요. 살인 사건이 등장하지 않는 『나미야 잡화점의 기적』만 유일하게 읽었습니다.

그러다 어쩔 수 없이 추리 소설을 읽어야 하는 상황이 생겼습니다. 꼭 들어가고 싶었던 독서모임에 결원이 생겨 기회가 온 것인데 하필이면 제가 참석하는 첫 모임에서 애거서 크리스티의 책을 읽는다고 하는 거예요. 작가 이름만 들어도 어떤 내용일지 연상이 되어서 '빠질까? 다음 모임부터 나간다고 할까?' 고민하는 사이 다른 멤버 두세 명이 추리 소설을 싫어한다며 이번 모임은 빠지겠다는 의사를 밝혀 왔습니다.

'여기서 나까지 빠진다고 하면 분위기가 안 좋아지겠지.'

눈치가 보여서 그냥 이번 한 번만 눈 딱 감고 읽어보기로 했습니다. 읽으면서도 계속 이 사람은 언제 죽지? 범인은 누굴까? 조마조마해하면서 읽었는데 웬걸, 『봄에 나는 없었다』는 제가 생각했던 것과 전혀 다른 내용의 심리 서스펜스더라고요. 작가 스스로 사람들이 자신에 대해 갖고 있는 선입견을 지우기 위해 '메리 웨스트

매캇'이라는 필명으로 발표한 소설이었던 거예요.

책을 덮고 나서도 한동안 여운이 가시지 않았습니다. 독서모임이 아니었다면 평생 읽어볼 생각조차 하지 않았을 책이었으니까요. 이렇게 편견과 선입견으로 놓치는 좋은 책들이 얼마나 많을까 생각하니 조금 억울하기까지 했어요. 그때 결심했습니다. '덮어놓고' 싫어하는 일만은 하지 말자고요.

### 우리는 모르는 것을 알게 되기에 감동한다

2017년 가을, 가족을 만나러 호주 퍼스에 다녀왔습니다. 사는 모습이 크게 다르지 않은 아시아 지역으로만 여행을 다니다가 태어나 처음 지구 반대편에 발을 내디딘 건데요. 집채만 한 나무들이 늘어서 있는 도시의 첫인상이며, 손에 잡힐 듯 낮게 떠 있는 하늘이며, 눈길 닿는 곳마다 온통 낯설고 새로운 것들이었지요. 거인들이 사는 나라에 떨어진 걸리버가 이런 기분이었을까요.

하루는 남편의 신발을 사러 상점에 들렀습니다. 그런데 점원과 손님이 서로 이름을 부르며 오래 알고 지낸 친구처럼 편하게 응대하는 게 아니겠어요. 호주에 살고 있는 가족에게 물었더니 '이곳은 파트타임 직업을 여러 개 가지고 일하는 사람이 많기 때문에, 낮에 신발 가게에서 직원으로 만났던 사람을 저녁에는 내가 일하는 레스토랑에서 손님으로 만나게 될지도 모르는 일'이라고 하더라고요. 그래서 아마도 손님에게 깍듯이 응대하는 한국이나 일본과는 달리, 평등하게 소통하는 서비스 문화가 생긴 게 아닐까 싶다는 답변이 돌아왔습니다. 오호!

여행 막바지에는 퍼스 근교로 사막 투어를 떠났습니다. 첫 번째로 들른 곳은 강과 바다가 만나는 무어 리버였습니다. 아주 좁은 모래사장을 사이에 두고 왼쪽에는 검푸른 빛이 도는 무어 강이, 오른쪽에는 에메랄드빛의 인도양 바다가 보이는 풍경이라니. 강기슭으로 갈수록 검푸른 물색이 빛이 새어 들어간 필름 사진처럼 오묘한 빛깔을 띠는 게 신기했습니다. 그다음엔 란셀린 사막으로 이동해 고개를 돌리면 바다가 보이는 새하얀 모래 언덕에서 썰매를 탔어요. 보드 위에 두 다리를 올려놓고 타야 하는데 겁이 많은 저는 무서워서 자꾸만 발을 내려 속도를 줄이려고 했지요. 덕분에 양말이며 속옷이며 귓구멍 콧구멍 할 것 없이 온몸이 모래로 버석버석해졌지만 그것마저 웃음이 나더라고요. 이게 끝이 아니었습니다. 오늘의 하이라이트는 피너클스 사막에서 보는 선셋. 화성에 온 것처럼 수천 개의 석회암 기둥이 모래 위로 불쑥 솟아 있는 사막에서 해가 지기를 기다렸습니다. 끝도 없이 펼쳐진 수평선 너머로 온 세상이 물들어가는 모습을 넋을 놓고 바라보았어요.

내 눈으로 보고 내 발로 걸으면서도 믿어지지 않았던 그 하루를 어떻게 설명하면 좋을까요. 강과 바다가 만나는 풍경도, 모래 언덕에서 타는 썰매도, 사막의 석양도, 인생에서 한 번도 기대해본 적 없던 것들이었으니까요.

이곳에 오지 않았다면 아마 평생 모르고 살았을 테고요. 여행 내내 새로운 것을 알아가는 기쁨으로 마음이 차고 넘쳤습니다. 매일 똑같은 문으로만 나다니다 보니 나를 둘러싼 모든 것들이 눈에 익을 대로 익어 시시하고 따분하다 여겼는데, 알고 보니 저는 수십수백 개의 문 중에 겨우 하나를 열어봤던 거더라고요.

그해 겨울에는 태어나 처음 몸에 타투를 새겼습니다. 요리사에서 타투이스트로 전직한 남편의 첫 손님이 되어주기로 했거든요. 타투를 새기고 싶다는 생각은 한 번도 해본 적 없었지만 호주에 다녀온 뒤로 처음 해보는 일에 선뜻 용기를 내보고 싶어졌습니다. 그것이 고만고만한 인생을 낯설고 새롭게 만드는 기회라는 걸 배웠으니까요. 나의 의지로 내 몸에 새긴 자취를 들여다본다는 건 꽤 근사한 기분이더라고요. 그 뒤로 저는 눈에 잘 띄는 곳에 두 개의 타투를 더 새겼고, 사람들은 단정한 모범생처럼 보이는 저에게 타투가 있다는 게 신기한지 뜻밖이라는 반응을 내비치곤 합니다. 저는 그것을 기꺼이 즐기고 있고요.

'나는 이런 사람'일 거라는 예상을 깨부수는 일만큼 짜릿한 건 없습니다. 상대방에게도, 자신에게도요.

지금의 세상은 헤매지 않도록, 틀리지 않도록 만들어져 있다. 지도 앱이 있으면 처음 가는 곳이라도 길을 잃어버리지 않는다. 쇼핑을 하기 전에 인터넷으로 가격과 기능을 비교해 싸면서도 인기 높은 상품을 산다. 영화를 보기에 앞서 또는 책을 사기에 앞서 인터넷 댓글이나 별점을 확인해 평판 좋은 작품을 고른다. 음악은 인터넷으로 미리 듣고 나서 앨범 속 마음에 드는 곡만 내려받는다. 다들 영리해진 탓에 궤도에서 벗어나고 싶어도 좀처럼 벗어나지 못한다. 하지만 학창 시절, 들어보지도 않고 재킷만으로 선택한 레코드가 제일 좋아하는 작품이 된다거나(대실패도 있었지만) 처음에는 딱히 취향이 아니었던 곡이 자꾸 듣다 보니 그 앨범에서 가장 마음에 드는 곡이 된 적이 있다. 자신이 좋아하는 것만 고르고 고르다 보면 '미리 정해진 어울림'밖에 만나지 못한다. 우리는 모르는 것을 알게 되기에 감동한다.

쇼노 유지, 『아무도 없는 곳을 찾고 있어』

(안은미 역, 정은문고, 2018) 100~101p 중에서

## 취향을 기르는 방법

"저는 판타지 소설만 좋아해서 문제예요. 어떻게 하면 독서 스펙트럼을 넓힐 수 있을까요?"

독서 편식이 심해서 고민이라며 도움을 요청하는 손님들을 종종 만납니다. 그러면 저는 10대 때는 자기 계발서에 미쳐 있었고, 20대 때는 에세이에 푹 빠져 있다가, 30대가 된 요즘은 소설을 즐겨 읽는 저의 독서 취향 변천사를 늘어놓으며 이렇게 덧붙이곤 해요. 어렸을 때 힙합 스타일의 옷을 좋아했다고 나이가 들어서도 힙합 스타일만 고수하지 않듯이, 10대 때 록 음악에 빠져 있었다고 30대가 되어서도 록 마니아로 살지 않듯이, 취향이라는 건 시간이 지나고 환경이 변하면서 관심사에 따라 자연스럽게 바뀌는 거라고요(물론 평생 한 가지 스타일만을 고수하는 사람들도 있습니다). 괜히 고전이니까, 베스트셀러니까, 나도 한 번 읽어봐야 할 것 같다는 생각에 억지로 읽다가는 책 읽는 재미마저 놓칠 수 있으니 지금은 좋아하는 책만 실컷 읽어도 괜찮다는 말도 잊지 않고요. 그러다 어느 순간 좋아하는 장르가 질리거나 다른 분야에 흥미가 생길 때 자연스럽게 옮겨가면 되니까요.

독서 편식으로 걱정하지 말라고 태평하게 말하면서 정작 저는 '어떻게 하면 독서 스펙트럼을 넓힐 수 있을까'를 매 순간 고민합니다. 서점 운영자로서 좋은 책을 끊임없이 발굴해야 한다는 강박 때문이지요. 제가 좋아하는 취향 안에서만 책을 고르다 보면 범위가 너무 좁아지니까요.

독서 취향을 넓고 깊게 만들기 위해 제가 주로 쓰는 방법은 세 가지입니다.

첫 번째 방법은 책을 읽다가 언급되는 다른 책을 읽는 꼬리 물기 독서예요. 엘리자베스 스트라우트의 『올리브 키터리지』를 재밌게 읽었다면, 책 뒤표지에 적힌 '따뜻하고 지혜로운 『더블린 사람들』을 읽는 듯하다'라는 김연수 작가의 추천사를 따라 다음 책으로 『더블린 사람들』을 읽어보는 식이지요.

두 번째는 여행을 갈 때 해당 도시가 배경으로 등장하거나 그 나라 출신의 작가가 쓴 책, 혹은 여행 테마와 관련된 책을 가져가 읽는 여행 독서입니다. 교토를 여행한다면 미시마 유키오의 『금각사』를, 암스테르담을 여행한다면 알렉상드르 뒤마의 『검은 튤립』을 챙겨가는 거예요. 같은 암스테르담을 여행하더라도 미술관 투어를 테마로 한다면 『반 고흐, 영혼의 편지』나 『시대를 훔친 미술』을 가져갈 테고요. 테마에 맞게 책을 고를 땐 꼭 직접적인 연관이 없어도 됩니다. 휴양지에서 푹 쉬고 오는 여행이라면 표지가 파란색이라 시원해 보이는 책을 무작정 골라가는 것도 괜찮아요. 이렇게 하면 내 취향과는 색다른 책을 발견할 확률이 높아지거든요. 물론 실패할 확률도 높지만요.

제가 생각하는 가장 안전한 방법은 닮고 싶은 취향을 가진 이들이 읽는 책을 따라 읽는 모방 독서입니다. 대상은 가까운 친구들이 될 수도 있고, 좋아하는 작가나 유명인이 될 수도, 즐겨 찾는 책방의 주인이 될 수도 있어요. 저에게도 훌륭한 가이드가 되어주는 이들이 몇 있습니다. 제목만 보고 그림책 작가 지망생들을 위한 책인 줄 알고 넘겼던 『유럽의 그림책 작가들에게 묻다』는 한수희 작가의 추천으로 읽고 난 뒤 인생책 중 한 권이 되었고, 중년에 접어든 아마추어 피아니스트의 쇼팽 도전기를 담은 『다시, 피아노』나 희귀병을 앓던 저자가 침대맡에서 야생 달팽이를 관찰하며 써 내려간 『달팽이 안단테』는 저와 전혀 다른 관심사를 가진 동료들 덕분에 읽게 된 귀한 책들입니다. 어떤 이에게는 사적인서점이 그런 역할을 하고 있기를 바라고요.

### 사랑에 기대어

마지막 방법은 다른 분야에도 똑같이 적용됩니다. 음악 취향을 기르고 싶다면 내가 좋아하는 아티스트가 자주 듣는 음악을 찾아 듣고, 옷을 잘 입고 싶다면 내가 근사하다고 생각하는 사람들의 스타일을 따라 입는 것처럼 사랑하는 이들의 안목에 기대어, 닮고 싶은 이들의 취향에 기대어, 새로운 세계의 문을 열어보는 거예요.

사랑에 빠지면 상대방과 가까워지고 싶은 마음, 상대방을 이해하고 싶은 마음에 살아오면서 한 번도 궁금해하지 않던 것에 관심을 기울이게 되는 법. 저는 요즘 방탄소년단의 플레이리스트를 따라 노래를 듣고, 방탄소년단의 독서 목록을 따라 책을 읽고, 방탄소년단이 관람한 전시를 따라 보고, 방탄소년단이 다녀갔다는 곳을 따라 여행을 하고, 방탄소년단이 입은 아이템을 따라 사서 입습니다.

덕질은 제 삶의 풍경을 바꾸어놓았습니다. 관심도 없던 빌보드와 그래미 시상식을 생중계로 챙겨 보고, 사운드클라우드[12]에서 다양한 음악을 찾아 듣고 있으며, RM이 읽었다는 이유 하나만으로 과학 소설에도 손을 뻗어 테드 창의 『당신 인생의 이야기』를 읽기 시작했습니다. 지민의 생일에는 생명 나눔 헌혈 릴레이에 참가해 제 인생 첫 헌혈을 했고요. 그 덕에 평생을 A형으로 살다가 실은 제가 B형이라는 충격적인 사실을 알게 됐지요(방탄



[12] 누구나 자신이 작업한 음악을 올리고 다른 사람의 음악을 무료로 들을 수 있는 온라인 음악 유통 플랫폼입니다. 방탄소년단 멤버들은 그간 믹스테이프나 자작곡, 커버곡 등 비정규 작업물을 사운드 클라우드에 무료로 공개해왔어요. 데뷔 전부터 지금까지 업데이트한 곡만 90개가 넘을 정도랍니다. 대중성을 고려할 필요도 없고 음원 순위에 연연해 할 필요도 없어 방탄소년단의 자유로운 음악적 색깔을 즐길 수 있어요.

소년단이 찾아준 저의 정체성!). 최근엔 정국이 즐겨 입는 승복 전문 쇼핑몰에서 개량 한복을 주문해 입고, 시도해본 적 없는 밝은 색깔로 염색도 했습니다.

고집 세고 편협한 우리를 이토록 쉽게 설득할 수 있는 건 오직 사랑뿐일 거예요.

# 내 인생의 BGM



버스를 타고 가다 우연히 라디오에서 흘러나오는 <수목원에서>를 들었습니다. 2001년 여름에 발매된 윤종신 9집 앨범 ≪그늘≫의 타이틀곡도 아닌 수록곡 9번 트랙. 중학생이던 제가 그 시절 가장 좋아했던 노래예요.

초등학교 3학년 때부터 줄곧 짝사랑해온 친구가 있었습니다. 잘생긴 데다가 공부에 운동까지 잘해서 전교에서 인기가 많은 J였어요. 중학교 3학년, 거짓말처럼 J와 다시 같은 반이 되었습니다. 늘 열 걸음 정도 떨어진 곳에서 말도 못 붙이고 지켜보기만 했는데, 국어 시간에 같은 조가 되면서 처음으로 말을 트게 되었지요.

2002년 한일 월드컵으로 온 나라가 들썩였던 그해 여름, 다같이 모여서 스페인전을 응원하자는 누군가의 제안에 어른들이 집을 비운 한 친구네 집으로 모였습니다. 그게 누구의 집이었는지도, 친구들의 얼굴도 이름도 까마득한데, 홍명보 선수의 승부차기로 우리나라 4강 진출이 확정되자 얼떨결에 옆자리에 앉아 있던 J와 포옹을

했던 기억만큼은 선명하게 남아 있어요. 그것 때문에 여름 내내 밤잠을 설쳤으니까요.

그즈음 부모님을 졸라 CD 플레이어를 샀습니다. CD 재생 말고는 다른 기능이 없던 은색의 투박한 소니 CD 플레이어. 열병처럼 사춘기를 앓고 있던 저는, 점심시간에 친구들이 급식소로 밥을 먹으러 가면 이따금 교실에 혼자 남아 CD 플레이어로 윤종신의 9집 앨범을 자주 들었습니다.

모두의 우상 같던 J는 하루아침에 집안 사정이 안 좋아지면서 몇 달 동안 학교에 나오지 못했습니다. 그해 겨울 첫눈이 내리는 날이었어요. 그날도 급식을 먹지 않고 교실에 남아 창가에서 음악을 듣고 있었는데, 첫눈이 내릴 때 소원을 빌면 이뤄진다는 이야기가 생각나 눈을 꼭 감고 기도했어요. 부디 J가 무사히 학교로 돌아올 수 있게 해달라고요.

다음 날 기적처럼 J가 학교에 나왔습니다. 조금만 늦었어도 출석 일수가 모자라서 고등학교 진학이 힘들 뻔했다고, J는 당분간 양호실에서 지낼 거라는 담임 선생님의 말에 심장이 두근거렸어요. 이제 고등학교에 가면 다시 못 볼지도 모르는데…. 용기를 내서 고백을 하기로 결심했습니다. 그저 외롭게 겨울을 나고 있을 J에게 넌 혼자가 아니라고, 너의 뒤에서 맘 졸이며 걱정하는 누군가가 있다는 걸 알려주고 싶었어요. 용돈을 모아 J에게 어울릴 만한 니트 조끼를 샀어요. 졸업식 날 가방

안에 포장해둔 니트 조끼를 만지작거리며 이걸 언제 전해주지 마음 졸이고 있다가 J가 다른 여자애에게 고백을 했고 사귀기로 했다는 얘기를 전해 들었습니다. 그렇게 제 짝사랑은 허무하게 끝이 나버렸지요.

<수목원에서>를 들으면 어김없이 여름을 닮은 그 아이가 생각납니다. 그 노래는 제 짝사랑의 은유였으니까요. 라디오에서 <수목원에서> 전주가 흘러나올 때 저는 중학교 3학년 텅 빈 교실에 서 있는 것 같아요. 지금은 어디서 어떻게 지내는지 모르지만, 내 어린 기억 속 가장 반짝이는 얼굴이었던 그 아이 생각을 오랜만에 했습니다. 그리고 누구보다 순수한 마음으로 J의 행복을 바랐던 그 시절의 나에게 안부를 건넸어요. 그때 네 마음 참 풋풋하고 예뻤구나, 하고요.



화양연화 : 인생에서 가장 아름답고 행복한 시간

2019년 6월, 저는 'BTS WORLD TOUR LOVE YOURSELF: SPEAK YOURSELF' 콘서트가 열리는 웸블리 스타디움 한가운데 서 있었습니다. 인종도 국적도 언어도 각기 다른 사람들이 다 함께 노래를 따라 부르고 멤버들의 이름을 환호하며 응원봉을 흔들었습니다. 수만 명의 사람들이 내뿜는 사랑으로 스타디움이 꽉 찼지요. 런던의 여름은 해가 늦게 저물었습니다. 공연이 끝나갈 무렵이 되자 겨우 해가 저물었고 아미밤[13]이 어둠을 수놓았습니다. 두 시간이 어떻게 지나갔는지도 모르게 훌쩍 흐르고 마지막 곡만을 앞두고 있을 때였어요. 멤버들이 차례차례 오늘 공연의 소감을 전했고, 마지막으로 RM이 마이크를 잡았습니다.

"여러분 모두는 각자 자신만의 빛과 이야기를 가지고 있어요. 지금 저희 눈앞에 셀 수 없이 많은 빛이 보이네요. 아미! 여러분들의 핸드폰 빛으로 저희를 밝혀주세요. 빛을 하늘 높이 들어보세요. 여러분들의 LED를 보여주세요. 얼마나 밝은지 보여주세요. 좋아요. 이제 진짜 마지막 노래입니다. 우리의 든든한 별이자 우리를 이끈 빛이 돼주신 여러분께 바칩니다."

한 사람 한 사람 핸드폰 불빛을 켜서 만든 은하수가 웸블리 스타디움을 빛내고 <소우주>의 전주가 울려 퍼졌습니다. 저도 두 손을 머리 위로 크게 흔들며 노래를 따라 불렀어요. 노래가 막바지로 치달을 때 하늘로 종이가루가 뿌려졌습니다. 고개를 들어 꽃잎비가 내리는 밤하늘을 바라보았습니다. 종이들이 우주를 유영하는 먼지처럼 보였어요. 공연은 끝을 향해가고 멤버들은 무대 구석구석을 누비며 눈을 맞추고 인사해주었지요. 마지막 단체 인사를 끝으로 멤버들이 무대 아래로 사라지자 축제의 엔딩을 알리듯 폭죽이 하늘을 수놓았습니다. 이 모든 순간이 너무 애틋해서 저는 엉엉 울고 말았어요.



[13] 방탄소년단의 공식 응원봉 이름입니다. 콘서트에서 원격 조종으로 불빛이 변하는데, 관객도 공연의 일부로 참여하고 있다는 인상을 주지요.

이상하게 지금도 그때를 떠올리면 멤버들이 했던 말이나 표정보다 쏘아 올린 조명 사이로 흩날리던 꽃잎비가 선명하게 떠오릅니다. 스노볼 안에 들어와 있는 것 같았던 삶의 한 장면. 인생에서 가장 아름답고 행복한 시간을 '화양연화'라고 한다지요. 앞으로 살아가면서 이 순간을 오래도록 그리워할 것 같다는 예감이 들었습니다.

당신의 인생에는 어떤 노래가 흐르고 있나요?

> "음. 꽃꽂이는 음악하고 비슷하네요."
>
> "그래?"
>
> 진이 가위를 다다미 위에 가만히 내려놓고 팔짱을 꼈다.
>
> "재현성이라는 점에서 꽃꽂이하고 똑같이 찰나에 지나지 않아요. 이 세상에 계속 붙잡아놓을 수는 없죠. 언제나 그 순간뿐, 금방 사라지고 말아요. 하지만 그 순간은 영원하고, 재현하고 있을 때는 영원한 순간을 살아갈 수 있죠."
>
> 진은 도가시가 꽂은 가지 끝을 바라보았다.
>
> 온다 리쿠, 『꿀벌과 천둥』(김선영 역, 현대문학, 2017) 500p 중에서

음악은 우리 삶의 배경에 흐릅니다. 어떤 노래를 들으면 타임머신을 타고 돌아간 것처럼 눈앞에 그날의 풍경이 자동으로 재현되곤 해요. 윤종신의 <수목원에서>를 들으면 중학교 3학년 빈 교실에서 첫사랑의 열병을 앓던 어린 내가, 벨 에포크의 <May>를 들으면 12년 동안

살던 아파트를 떠나 이사한 새 집에서 창문을 열어놓고 침대에 누워 나른함을 즐기던 어느 봄날의 오후가, 라디의 <Goodbye>를 들으면 지금은 헤어진 남자친구와 한 치 앞도 보이지 않을 정도로 비가 쏟아지던 경부고속도로 위에서 그 노래만 내내 반복해서 듣던 풍경이 생생하게 떠오릅니다.

아, 지미 폰타나의 <Il Mondo>도 빼놓을 수 없는 제 인생의 BGM입니다. 영화 <어바웃 타임>을 보고 팀과 메리 같은 결혼식을 할 거라며 신랑 입장곡으로 <Il Mondo>를 골랐는데, 막상 식장에 도착해보니 입장하는 데 걸리는 시간이 예상했던 것보다 너무 짧지 뭐예요. 입장 시간을 노래에 맞추겠다고 몇 번이나 리허설을 했고, 최대한 시간을 벌기 위해 남편은 입장하다 멈춰 서서 손을 흔들고 포즈도 취하며 온갖 여유를 부렸습니다. 신랑이 긴장도 안 하고 결혼 여러 번 해본 사람 같다며 하객들은 웅성웅성. <Il Mondo>를 들을 때마다 엉망진창이었던 저의 결혼식이 생각나 배시시 웃곤 해요. 이 노래들이 없었다면 내 인생이 얼마나 볼품없고 가난했을까요.

최근에 제 인생의 플레이리스트에 한 곡이 더 추가되었습니다. 이어폰에서 길거리에서 <소우주> 전주가 흘러나오면 길을 걷다가도 우뚝 멈춰 서고 말아요. 나이도 인종도 국적도 각기 다른 이들이 음악이라는 같은 언어로 노래하던 2019년의 여름 속으로 속수무책 빨려들어갑니다. 이 노래를 들을 때마다 저는 웸블리 스타디움

한가운데 서 있는 저를 떠올리겠지요.

당신의 인생에는 어떤 노래가 흐르고 있나요?

세 걸음.

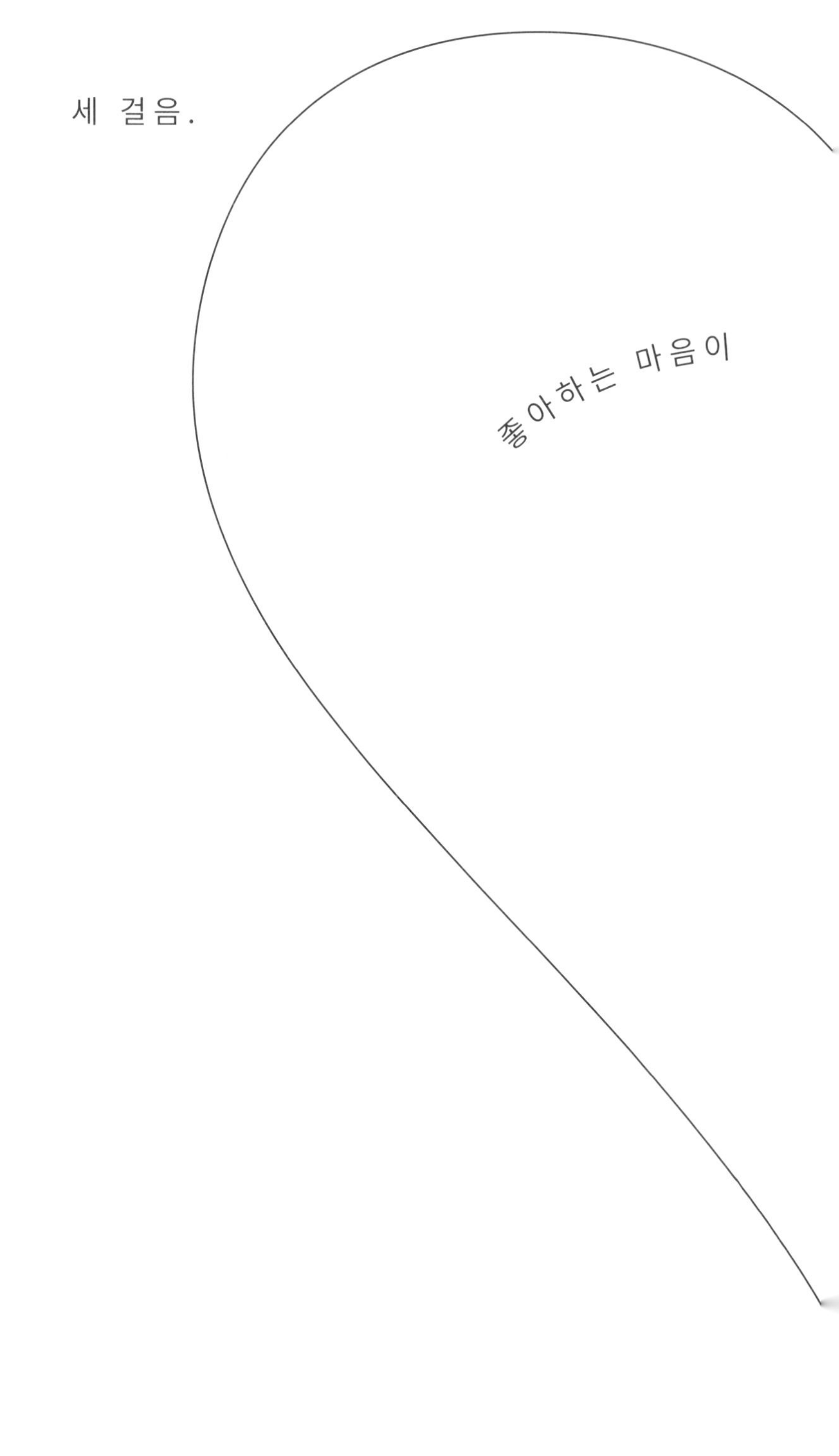

있는 그대로의
우리를 사랑하게 합니다

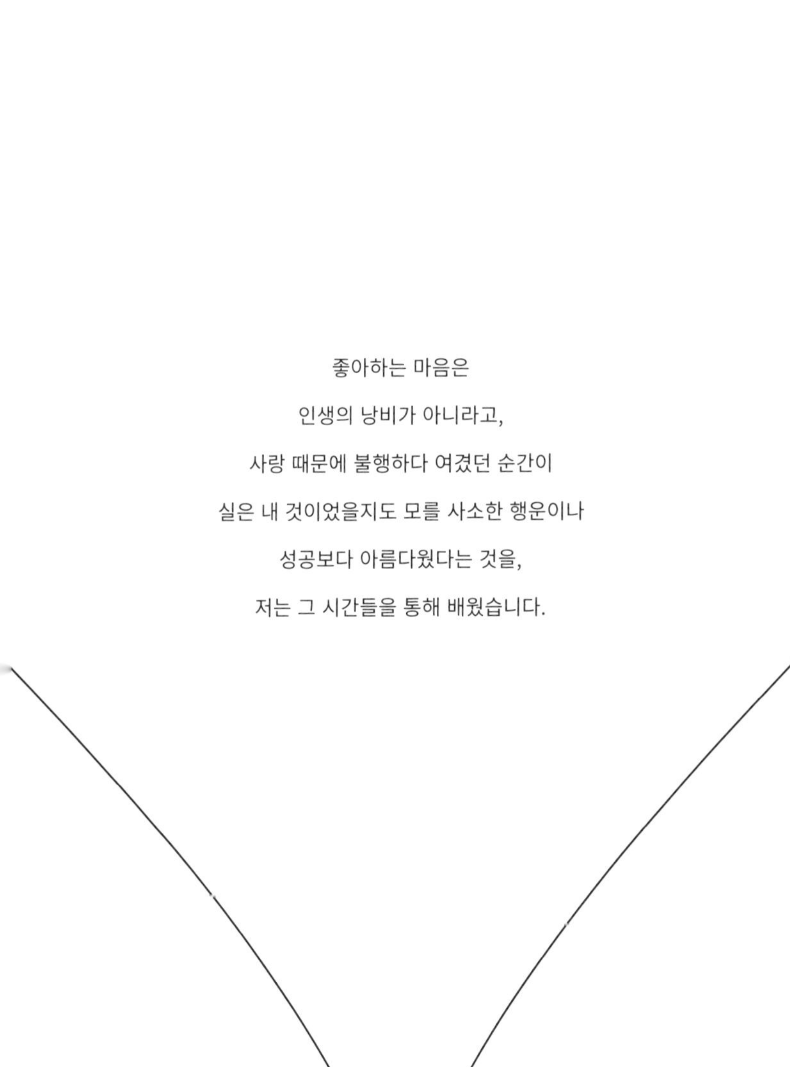

좋아하는 마음은

인생의 낭비가 아니라고,

사랑 때문에 불행하다 여겼던 순간이

실은 내 것이었을지도 모를 사소한 행운이나

성공보다 아름다웠다는 것을,

저는 그 시간들을 통해 배웠습니다.

# 우리가 흘려보낸 유리병

덕심으로 서점에 방탄소년단 관련 도서를 입고했습니다. 신간 코너를 구경하는 손님마다 책을 보고 한마디씩 얹더라고요. "우와, 이런 책도 있었네? 방탄소년단이 진짜 인기가 많나 보다" 놀라는 사람부터 "실은 나도 아미야" 덕밍아웃[14]을 하는 사람, "진짜? 나돈데. 너는 최애[15]가 누구야?" 맞장구치는 사람까지. 모른 척 귀를 바짝 세우고 들으면서 혼자 흐뭇하게 웃었습니다.

물론 좋은 반응만 있었던 건 아니에요. 하루는 카운터에 앉아서 업무를 보고 있는데 "나는 방탄소년단 너무 싫어. 솔직히 얘네 운으로 뜬 거잖아" 하는 얘기를 들었습니다. 고개를 들고 손님 얼굴을 봐버리면 표정 관리가 안 될 것 같아 일부러 노트북 화면에 시선을 고정했지요. 화가 났습니다. 제가 그들의 팬이어서 그런 것도 있었지만, 누군가의 피땀 어린 노력을 어쩌다 얻어걸린 운으로 비하하는 무례함을 참을 수가 없었어요.

싫은 데는 대부분 이유가 없습니다. 깎아내리는 건 쉬

워요. 호오를 제대로 표현하는 데는 시간과 에너지가 드니까 그냥 '싫다' '별로다'는 한마디로 퉁쳐버립니다. 그동안 제가 무심코 내뱉은 말들을 되돌아보았습니다. 제가 가볍게 툭 던진 말도 누군가에게는 지울 수 없는 상처가 되었겠지요.

### 판단과 평가에 앞서

신형철 평론가는 자신의 책에서 단편적인 정보로 즉각적인 판단을 내리면서 즐거워하는 이들이 늘어가는 요즘 세태를 꼬집으며 '폭력'에 대해 이렇게 정의합니다.

> '폭력이란? 어떤 사람/사건의 진실에 최대한 섬세해지려는 노력을 포기하는 데서 만족을 얻는 모든 태도.'
>
> 신형철, 『슬픔을 공부하는 슬픔』(한겨레출판, 2018) 92~93p 중에서

요즘 뜨는 맛집이라는 곳에서 밥을 먹고 온 날이었습니다. SNS에 음식 사진을 올리며 장소 태그를 달고 기대보다 별로였다는 후기를 남겼어요. 당시 요리사로 일하던 남편은 제 피드를 보더니 화를 냈고요. 내 개인 공간

[14] 덕질과 커밍아웃coming-out을 조합하여 만든 용어입니다. 자신이 어떤 분야에 깊이 빠져 있는 덕후임을 밝히는 일, 또는 강제로 밝혀지는 일을 말해요. 유의어로 '일코해제'가 있는데 '일반인 코스프레를 해제한다'라는 뜻입니다.

[15] '최고로 애정하는'이라는 의미입니다. 아이돌 그룹에서 '최애'는 가장 좋아하는 멤버, '차애'는 두 번째로 좋아하는 멤버를 뜻해요.

에 내 돈 주고 먹은 음식 후기도 못 남기냐고 되레 따지자 남편은 저에게 한 번 경험한 걸로 다 아는 척 얘기하지 말라고 했습니다. 그날 그 음식점에 무슨 사정이 있었을 줄 네가 아냐고, 재료 수급에 문제가 있었을지도 모르고 아르바이트생이 펑크를 내서 못 나왔을 수도 있는데 어떻게 한 번 경험한 걸로 그렇게 쉽게 평가해버리냐고요. 솔직히 그 당시엔 남편의 말에 공감할 수 없었습니다.

나중에 사적인서점을 열고 나서 딱 한 번 SNS로 들어온 문의 메시지에 감정적으로 대응한 적이 있습니다. 여러 곳에 예약 방법을 구체적으로 안내해두었음에도 불구하고 찾아보려는 노력 없이 다짜고짜 전화를 걸어 예약을 잡아 달라고 억지를 부리거나, 직접 방문할 수 없으니 문자나 전화로 대뜸 책을 추천해 달라는 등 손님들의 무례한 요구에 많이 지쳐 있던 때였지요. 그렇게 화를 낼 만한 상황도 아니었는데 누적된 스트레스가 하필 그때 터져버렸습니다. 제 응대가 불쾌해서였는지 답장은 오지 않았어요. 저에게는 단 한 번의 실수였지만, 손님에게는 그게 자신이 경험한 사적인서점의 전부였을 테지요. 그 일을 겪고서야 남편의 말에 담긴 의미를 이해했습니다. 그동안 나는 너무 쉽고 무뎠으며 성급했다는걸요.

## 좋아하는 것으로 나를 표현하는 사람

> 오늘은 베를린의 사진 갤러리에서 전시를 봤어. 유명 작가들의 기획전이 열렸는데 그 전시장의 출구 쪽에 한 신진 작가의 전시회를 하더라고. 거기에서 <Message in a Bottle>이라는 사진과 영상을 보게 되었어. 병에 편지를 담아 바다에 던지면 바다 건너편의 누군가가 받게 된다는 내용이었지. (중략) 요즘, 그런 생각을 해. 우리는 원하든 원치 않든 서로에게 유리병을 던졌던 게 아닐까. 물건을 사며 인사를 건넨 어느 점원의 말 한마디가 오래 기억에 남을 때가 있어. 가까운 사람과 진지하게 긴 대화를 나눴지만, 아무것도 기억나지 않을 때도 있고. 마주하는 모든 사람은 서로에게 한없이 병을 던지는 것 같아. 어떨 때는 기뻐서, 또 어느 날엔 슬퍼서, 언젠가는 화가 나기도 했었지. 이전에 내가 "나는 좋은 사람이 되려고 노력하지 않을 거야. 그냥 생긴 대로 살래."라고 말했던 기억이 나. 그때 오빠가 "그래도 조금은 노력해야 하지 않을까." 말해줬었는데 그 유리병이 오늘 내 근처에 와닿았다.
>
> 박선아, 『어떤 이름에게』(안그라픽스, 2017) 17~19p 중에서

그날도 누군가가 대상 없이 던진 유리병에 마음을 맞은 날이었습니다. 사적인서점의 SNS에서 공개적으로 추천한 책에 대해 정반대의 코멘트를 한 서점 주인이 있었습니다. 평소 좋은 책을 선별해 소개하는 서점이라고 생각했던 곳이었기에 그런 서점에서 악평한 책을 내가 추천했다는 게 창피했어요.

타인에게 책을 권하는 입장에 놓이면서부터 '취향과

수준의 상관관계'에 대한 고민은 부록처럼 따라왔습니다. 무엇을 좋아하고 싫어하는 일에는 우열을 나누거나 등급을 매길 수 없지요. 하지만 책이나 음악, 그림 같은 예술 분야에서만큼은 완성도 높은 작품을 알아보는 안목과 그것을 즐기기 위한 감수성이 필요합니다. 그런 능력은 누구에게나 있는 것은 아니지요. 자라온 환경에 따라, 일정 수준의 학습을 통해 길러지는 감각이기 때문입니다. 그 점에서 저는 늘 자신이 없었어요. 책을 고르는 내 안목이 형편없는 게 아닐까, 신경이 쓰였습니다. 그런 고민들로 마음이 어지러울 때, 사적인서점 옆에서 작업실을 썼던 선아 님이 이런 얘기를 해주었습니다.

"가끔 자기 취향을 드러내는 데에서 그치지 않고 남과 비교해 우위를 차지해야 하는 사람들이 있더라고요. 난 이 책 별로. 이 작가는 구려서 싫어. 내 취향은 남다르다는 걸 보여주고 싶어서 다른 사람의 취향을 깎아내리는 사람들 말이에요. 좋아하는 것만으로도 내가 어떤 사람인지, 어떤 취향을 갖고 있는지 얘기할 수 있어요. 그러니까 우리, 싫어하는 것 말고 좋아하는 것으로 나를 얘기하는 사람이 돼요."

그날 선아 님이 제게 던져준 유리병을 소중히 간직하고 있습니다. 예술에는 수준의 차이가 존재합니다. 하지만 그것이 폄하해도 된다는 의미는 아니지요. 취향은 맞고 틀림의 문제가 아닌 이해의 문제이니까요. 누군가에게는 아이돌 노래가 시끄럽게 들릴 수 있듯 누군가에게는 클래식이 지루할 수 있는 것처럼요.

판단하고 평가하기 전에 유리병을 떠올립니다. 내가 함부로 뱉은 말, 별생각 없이 쓴 글이 유리병 속에 담겨 누군가에게 닿는 모습을 떠올려요. 그 유리병이 누군가의 마음을 베고 상처 입히진 않을까 생각합니다. 한 번 경험한 것으로 전부 다 아는 것처럼 말하지는 않았는지, 타인의 취향을 무시하면서 나를 높이려고 하진 않았는지, 한 번 더 생각을 정리하고 신중하게 단어를 고릅니다. 우리가 흘려보낸 유리병이 언제 어디에 어떻게 닿을지는 누구도 알 수 없으니까요.

말은 사람의 입에서 태어났다가 사람의 귀에서 죽는다. 하지만 어떤 말들은 죽지 않고 사람의 마음속으로 들어가 살아남는다.

박준, 『운다고 달라지는 일은 아무것도 없겠지만』(난다, 2017) 19p 중에서

# 나도 진짜 내가 되고 싶어

아무 조건 없이 나 자신이 되고 싶다.

페르난두 페소아, 『불안의 책』(오진영 역, 문학동네, 2015) 29p 중에서



두 사람이 서점 안으로 들어왔습니다. 책과 관련된 일을 하는지 서점 구석구석을 꼼꼼히 살펴보며 이런저런 이야기를 나누더라고요. 그러다 "사적인서점이…" 하는 소리가 들려 고개를 들어보니 제가 쓴 책이 진열된 자리에 멈춰 서서 사적인서점에 대한 얘기를 나누는 듯했습니다. 혹시 안 좋은 얘기면 어쩌나 싶어서 그들이 다른 곳으로 걸음을 옮길 때까지 신경을 곤두세웠습니다. 인터넷에 실시간으로 달리는 댓글을 지켜보는 것 같은 상황에 저도 모르게 온몸이 얼어붙었지요. 제가 있던 곳에서 조금 떨어져 있었고 얘기를 나누는 소리가 크지 않아 내용이 자세히 들리진 않았습니다. 만약 안 좋은 얘기를 했더라도 저는 아무 말도 못하고 마음으로 삼키는 수밖에 없었겠지만요.

사적인서점을 운영하면서 가장 힘들었던 건 세상에 나를 내보이는 일에 대한 피로감이었습니다. 책을 처방해주는 콘셉트 때문인지 일반 서점과 달리 운영자인 제가 주목을 많이 받았어요. 어떤 이는 저에게 과도한 기대를 품었고 어떤 이는 이유 없이 저를 미워했지요.

조직의 구성원으로 일할 땐 비난을 받더라도 조직 뒤에 숨을 수 있었습니다. 그건 내가 몸담고 있는 조직에 대한 것이지 나라는 사람 자체에 대한 공격이 아니었으니까요. 그런데 지금은 달랐습니다. 온라인에서, 오프라인에서 사람들은 나에 대해, 내가 운영하는 서점에 대해 이런저런 얘기들을 했습니다. 그중엔 상처가 되는 말도 있고 힘이 되는 말도 있었어요. 서점에 대한 나쁜 평은 곧 나에 대한 비난으로 느껴졌고, 좋은 평이어도 무섭기는 매한가지였습니다. 그것 역시 평가였으니까요. 좋은 평가가 언제 나쁜 평가로 바뀔지 모른다는 생각에 늘 조바심이 났습니다. 사람들의 기대와 관심은 부담감이 되어 달려들었고 결국 저는 엉망이 되었지요.

## 자유에게서 자유롭고 싶다

그 무렵 방탄소년단의 <Reflection>을 자주 들었습니다. 제 마음을 읽힌 것 같았거든요. 어떤 날은 내가 너무 밉다가도 어떤 날은 그렇게 자랑스러울 수가 없었고, 어떤 날은 뭐든 할 수 있을 것만 같다가도 어떤 날은 나 그만두고 싶었습니다. 노래 가사처럼 '나는 나의 모든 기뿜이자 시름[16]'이었지요. 나도 나를 잘 모르겠는데 사람들은 나에 대해서 뭘 안다고 이러쿵저러쿵 떠들어대는 걸까? 나는 그냥 나일 뿐인데. '매일 반복되는 날 향한 좋고 싫음[17]'에 지칠 대로 지쳐 있던 그때, 매일 눈물로 밤을 지새우며 생각했습니다. '나는 자유롭고 싶다 자유에게서 자유롭고 싶다[18]' 사람들의 인정이나 평가에 휘둘리지 않고 싶었습니다. 동시에 그것을 의식하고 신경 쓰는 마음 자체로부터 자유로워지고 싶었어요.

이대로 두었다가는 나를 영영 잃어버릴지도 모른다는 생각에 심리 상담을 받으러 갔습니다. 첫 상담 날 선생님은 이렇다 저렇다 할 피드백 없이 제 얘기를 그저 가만히 들어주었습니다. 판단하거나 평가하지 않고 있는 그대로 들어주는 것만으로도 얼마나 큰 위로가 되던지요. 상담이 끝나갈 때쯤 선생님은 이렇게 말했습니다. 지혜 씨는 모든 사람에게 다정하고 유능한 자기 자신만 인정해주고 있다고, 힘들다고 투정 부리고 싶고 게으름 피우고 싶은 지혜 씨도 분명히 존재하는데 걔는 없는 사람인 척 세상에 나오면 안 된다고 꽁꽁 숨겨둬서 탈이 난 것 같다고요.

사람들이 나를 어떻게 봐줄까를 신경 쓰느라 진짜 내가 원하는 게 뭔지 잊어버렸습니다. 모두에게 인정받는 서점 주인이 되어야 한다고, 부모님의 자랑스러운 맏딸이 되어야 한다고 나를 채찍질하느라 정작 내 마음이 괴

16~18 방탄소년단, 〈Reflection〉(RM, Slow Robbit 작사, 2016) 중에서

로워하는 건 몰라주었던 거예요. 나의 결핍을, 약점을, 못남을 다 드러내면 사랑 받지 못할까 봐 무서웠습니다.

### 나는 진짜 내가 되고 싶어

방탄소년단 팬들에게는 재생과 동시에 울음이 터지는 눈물 버튼 영상이 있습니다. 2015년 3월 올림픽홀에서 열린 방탄소년단의 두 번째 단독 콘서트 '2015 BTS LIVE TRILOGY EPISODE I. BTS BEGINS'에서 부른 <Born Singer> 영상입니다. <Born Singer>는 방탄소년단이 데뷔하고 한 달이 지났을 무렵 믹스테이프로 발표한 곡입니다. 연습생 기간 동안 그들이 흘린 피 땀 눈물, 데뷔 초의 두려움과 불안함, 초심을 잃지 않겠다는 다짐 같은 것들이 가사에서 그득하게 묻어나지요.

"이름이 저게 뭐야?" 놀림당하고, "회사가 작아서 못 뜰 텐데?" 무시당하고, "아이돌이 무슨 힙합이야" 폄하당하고. 그래서일까요. 방탄소년단의 초창기 노래를 들으면 증명해야 한다는 강박이 느껴집니다. 나를 무시하는 사람들, 나를 믿어준 사람들에게 보여줘야 한다는 강박. 열등감이 심해 보인다고 싫어하는 사람들도 있지만 저는 그래서 방탄소년단이 좋았습니다. 다른 사람들을 지나치게 의식하는 모습이, 증명하려는 강박이 저와 다르지 않아 보였거든요.

몇 년 뒤 방탄소년단은 '2017 BTS LIVE TRILOGY EPISODE Ⅲ THE WINGS TOUR'의 마지막 콘서트에서 <Born

Singer>를 다시 불렀습니다. 케이팝 그룹 최초, 최다의 기록을 쏟아낸 2017년. 방탄소년단은 모두가 인정하는 가수의 위치에 올라 있었습니다. 갓 데뷔해 첫 마음을 담아 만든 노래를, 4년 후 바라 마지않던 정상에 서서 다시 부르게 된 거지요. 노래를 부르면서 어떤 생각을 했을까 궁금했어요. 자신들을 무시했던 헤이터들에게도, 믿어준 팬들에게도 보란 듯이 증명해낸 지금, 사람들의 인정이나 평가로부터 자유로워졌는지, 자신을 사랑하는 일이 조금은 쉬워졌는지 묻고 싶었습니다.

얌마, 니 꿈은 뭐야. 나는 '~~랩스타~~'가 되는 거야.

얌마, 니 꿈은 뭐야. 나는 '진짜 내'가 되는 거야.

이 콘서트에서 RM은 <Born Singer>의 몇몇 가사를 개사해 불렀습니다. RM이 내뱉은 '내 꿈은 진짜 내가 되는 거야'라는 가사가, 제 마음의 반응점을 눌렀습니다. 그들 역시 타인의 인정과 평가에서 자유로워지는 방법을 찾지 못했다고, 여전히 자신을 사랑하는 일이 쉽지 않다고 말하고 있었습니다. 다만 고민의 방향이 밖에서 안으로 바뀌어 있었어요. 다른 사람에게 보여줘야 하는 나, 보여주고 싶은 내가 아니라 진짜 내가 되고 싶다는 다짐.

## 평생에 걸쳐 노력해야 하는 일

하던 일을 그만두고 목적도 방향도 없이 무용한 시간을 보내며 쉬어가는 사이, 군산에서 날아든 메일을 읽었습니다. 사장님이 안식년을 가질 동안 책방을 대신 맡아 운영해줄 사람을 찾고 있다는 내용이었어요. 인생의 한 시기를 낯선 도시에서 살아본다는 것. 예전 같으면 엄두도 내지 못할 일이었을 텐데 어쩐지 나를 아는 사람이 아무도 없는 곳에서 지내보고 싶다는 생각이 들었습니다.

몇 달을 고민한 끝에 간단하게 짐을 꾸려 군산행 버스를 탔습니다. 일종의 도망이었지요. 저는 낯선 생활에 금방 적응했습니다. 서점에서 일한다는 건 같았지만 그곳에는 저를 괴롭히는 기대나 평가가 없었어요. 익명성에 기대어 가벼운 마음으로 책을 소개하고, 짬을 내어 산책을 하고, 퇴근 후에는 마음껏 덕질을 하면서, 해야 하는 일이 아니라 하고 싶은 일들로 하루를 채웠습니다. 그런 시간이 일 년쯤 쌓이자 시름시름 앓던 마음이 몰라보게 튼튼해졌습니다.

그즈음 한 온라인 매체에서 연재 제안을 받았습니다. 사적인서점의 시선으로 책을 소개하는 글을 써 달라는 거였지요. 예전의 저는 글 쓰는 일이 정말 괴로웠습니다. 저의 기준은 늘 안이 아니라 밖에 있었거든요.

'아직도 연재에서 잘리지 않은 걸 보면 내 글이 영 나쁘지는 않은가 보다.'

'댓글이 많이 달리는 걸 보니 이번 글은 괜찮았나 보다.'

타인의 인정이 곧 자기만족의 기준이었지요. 그러다 보니 아무리 좋은 반응을 얻어도 단 한 명이 남긴 부정적인 피드백에 제 마음은 금세 시궁창에 처박히고는 했습니다. 모든 사람의 마음에 드는 일은 애초에 있을 수가 없는 건데, 신기루를 쫓아 달리다가 지쳐버리고 만 거예요. 더는 그러고 싶지 않았습니다. 용기를 내어 새로운 연재를 시작해보기로 했어요. 군산에서 지내는 동안 온전히 나에게만 집중한 덕분인지 홀가분한 마음으로 첫 마감을 끝냈습니다. 결과물도 꽤 마음에 들었고요.

얼마 뒤 새로 시작한 연재가 온라인에 공개되었다는 소식을 듣고 사이트에 접속했다가 깜짝 놀랐습니다. 저 말고도 여러 명의 필자들이 있었는데, 구독자들의 반응이 '팔로잉'과 '좋아요' 숫자로 보여지고 있었거든요. 이렇게 숫자로 독자들의 피드백을 받게 될 거라고는 예상하지 못했던 터라 무척 당황을 했습니다. 저도 모르게 저를 구독하고 있는 독자들의 수와 다른 필자들의 구독자 수를 비교하며 순위를 매기고 있더라고요. 그리고 다른 필자들보다 낮은 구독자 수를 보면서 또다시 상처받고 말았습니다.

'내 글이 너무 형편없어서 이렇게 구독자 수가 낮은 걸까?'

마감을 끝내고 나서 제가 느꼈던 만족감은 온데간데없이 사라지고 자괴감이 들기 시작했습니다. 타인의 반응과 평가에 연연하며 내가 쓴 글을 의심하고 얕잡아 보았어요. 군산에서 지내는 동안 많이 단단해졌다고 생각했는데, 여전한 모습에 스스로가 실망스러웠습니다. 며칠을 마음고생으로 호되게 앓다 보니 어느새 다음 마감이 다가오고 있었어요.

상처를 받지 않는 방법은 간단합니다. 한 사람의 독자로서 재밌게 책을 읽고 거기에서 그치면 됩니다. 사람들에게 나를 내보이지 않으면 돼요. 하지만 내가 느낀 책의 재미를 다른 사람과 나누고 싶어서 이 일을 시작한 이상, 계속 이렇게 숨거나 도망칠 수는 없었습니다. 무엇보다 숫자로 표시된 독자들의 반응을 예민하게 받아들이기 전까지, 새로 연재를 시작하며 느낀 만족감이 제 안에 또렷이 남아 있었어요.

제 글을 구독하고 있는 독자는 약 900여 명. 결코 적지 않은 숫자였습니다. 예전에 신문에서 칼럼을 연재했을 때 담당 기자님 외엔 피드백을 받을 일이 드물어서 '내가 쓴 글이 사람들에게 닿고 있을까?' 이따금 막막해지곤 했던 기억도 떠올랐습니다. 지금은 구체적인 수치가 있으니 이렇게 많은 분들이 내 글에 관심을 갖고 지켜봐주고 있구나, 실감할 수 있었지요. 구독자 수와 좋아요 수는 받아들이기에 따라 나를 괴롭히는 순위 경쟁이 되기도, 힘이 되는 독자들의 실체가 되기도 했습니다. 둘 중 무엇을 선택할지는 오롯이 저의 몫이었고요.

물론 만족의 기준을 밖이 아니라 안으로 두는 일은 쉽지 않았습니다. 나의 취향과는 상관없이 다른 사람들이 보기에 그럴싸해 보이는 책을 고르고 싶은 유혹이 들기도 했고, 독자들의 반응이 좋은 글과 내 글을 비교하며 다른 사람의 색깔을 흉내 내고 싶은 마음과도 싸워야 했으니까요. 그런 생각들로 마음이 어수선할 때면 '나다운 방식으로 스스로에게 부끄럽지 않게'를 되새겼습니다. 글을 쓴 사람조차 자신의 글을 하찮게 보는데 이런 글을 누가 좋아해주겠어요? 다른 사람들이 내 글을 어떻게 읽어줄지는 알 수 없지만 적어도 나에게만은 떳떳한 글을 쓰자고 다짐했습니다.

책을 고르는 과정부터 글의 주제를 정하고 이야기를 풀어나가는 내내 나를 우선순위에 두었습니다. 한 권의 책이 내 마음에 들어와 남기고 간 흔적들에 대해서 썼고 그렇게 다음 마감을 끝냈습니다. 글로 남기지 않으면 휘발되어버리고 말 생각과 감정을 연재를 핑계 삼아 오래오래 붙잡아두게 되었으니 그것으로 충분하다 싶었어요.

며칠 전 사적인서점 SNS에 댓글이 달렸습니다. 온라인 매체에서 연재한 글을 보고 여기까지 찾아왔다고, 좋은 책을 소개해줘서 고맙다는 내용이었어요. 만족의 기준을 남이 아닌 나에게 두고 쓴 글이었기 때문일까요. 독자의 피드백이 평가가 아닌 응원으로 다가왔습니다. '당신의 이야기에 공감해요. 그러니 앞으로도 계속해서 당신의 이야기를 들려주세요'라는 따뜻한 응원.

여전히 사람들의 반응에 울고 웃는 저를 발견합니다.

타인의 인정과 평가에서 자유로워지는 방법은 아직도 잘 모르겠어요. 그렇지만 나쁜 감정들이 나를 좀먹도록 내버려두지 않고, 무게 중심을 내 쪽으로 두는 연습을 계속하다 보면 조금은 자유롭게, 조금은 나답게 살 수 있게 되겠지요. 자신을 사랑하는 일은 평생에 걸쳐 노력해야 하는 일이라는 걸 압니다. 그 노력들이 결국엔 내 삶을 빛나게 하는 무늬가 된다는 것도요.

> 내 인생에서 나에게 흥미있는 것은 오직 나 자신에 이르기 위하여 내가 내디뎠던 걸음들뿐이다.
>
> 헤르만 헤세, 『데미안』(전영애 역, 민음사, 2000) 64p 중에서

# 음악에 기대고 책에 빚지는 날들

런던 여행이 끝나갈 무렵, 해 질 녘 노을이 아름답다는 프림로즈 힐을 찾았습니다. 오후에 내셔널 갤러리에서 모네의 <수련 연못>을 보고 온 터라 촌스럽게 조금 들떠 있었지요.

'이야, 정지혜 출세했네. 출세했어.'

웸블리 스타디움에서 콘서트를 보질 않나, 지중해 바다에 몸을 담그고 유유자적 수영도 했고, 오늘은 책에서만 보았던 유명 작품들을 두 눈에 담기까지. 2층 버스 맨 앞자리에 앉아 지난 일주일을 곱씹다 보니 어느새 프림로즈 힐 정류장이라는 안내방송이 나왔습니다. 피크닉 분위기를 내려고 포장해 온 서브웨이 샌드위치를 달랑거리며 버스에서 내렸어요. 공원 입구에 들어서자 부슬부슬 비가 내리기 시작하더라고요. 서둘러 언덕 위로 발걸음을 옮겼습니다. 삼삼오오 모여 해가 지기를 기다리는 사람들 사이에 혼자 우누커니 서 있는데 기분이 이상했습니다. 분명 방금 전까지 인생 참 재밌네 어쩌네 하면서 우쭐대고 있었는데, 어쩐지 엉엉 울고 싶은 거예요. 뭐야, 나 왜 이래. 놀랄 새도 없이 눈물이 터져 나왔습니다.

사적인서점을 운영하는 동안 속으로 눈물을 삼키는 날이 많았습니다. 밤늦게까지 서점에 남아 서가를 정리하다 천장과 바닥에 고정해둔 벽걸이형 책장이 쓰러지는 바람에 수백 권의 책과 묵직한 원목 가구가 저를 덮친 적이 있었어요. 몇 시간 뒤면 다시 서점 문을 열어야 하는데 바닥은 책으로 엉망이고 내 몸은 만신창이고. 나 보고 어쩌란 거야 싶었지만 투정을 받아줄 수 있는 사람은 아무도 없었지요. '울면 뭐가 달라져? 이런 걸로 힘들어하면 안 돼' 하면서 차오르는 눈물을 애써 무시했습니다. 주저앉아 우는 시간도 아까웠으니까요.

늘 이런 식이었어요. 혼자 감당하기 벅찬 일이 생겼을 때, 누군가 이유 없이 나를 오해하고 비난할 때, 사람들을 실망시키면 안 된다는 부담감에 짓눌릴 때…. 울고 싶은 순간은 차고 넘쳤는데, 그럴 때마다 엄살이 아닐까 진위를 의심하고 울 시간에 차라리 뭐라도 하자며 효용을 따졌습니다.

너무 많이 참았던 탓일까요. 번아웃으로 몸과 마음이 망가졌을 때, 제일 먼저 나타난 증상은 눈물이었어요. 길을 걷다가 밥을 먹다가 일하다가 아무 이유 없이, 그동안 참은 눈물이 터져 나오기라도 하는 것처럼 시도 때도 없이 뚝뚝. 사람들이 이상하게 쳐다보는데도 한 번 쏟아진 눈물은 쉽게 그치지 않아서 저를 당황시켰습니다. 다행히 일을 그만두고 쉬어가는 동안 이런 일은 차츰 줄어들었고, 그래서 이젠 정말 괜찮은가 보다 안심하고 있었는데 왜 또…. 서점을 그만둔 지 벌써 8개월이나 지나 있었어요.

'뭐가 그렇게 힘들어서 아직도 이러고 있는 거야. 충분히 쉬었는데 왜지? 이거 정말 힘들어서 우는 거 맞아? 분위기에 취해서 그런 거 아냐? 서점 겨우 몇 년 한 거 가지고 왜 아직도 이러고 있어. 아니면 내가 너무 의식적으로 과거의 아픔에 취해 있는 건가? 이거 완전 자의식 과잉이잖아. 너 울 자격이 있는 거 맞아?'

또다시 저를 몰아세우고 있었습니다. 그렇게 꾹꾹 누르고 참아왔던 것들이 곪을 대로 곪아 결국 견딜 수 없을 지경이 되어서야 일을 그만둔 거면서요.



### 그냥 잠시 서성거렸던 거야

이어폰에서 지민의 <약속>이 흘러나왔습니다. 노래를 듣는데 며칠 전 RM과 지민이 브이 라이브에서 <약속> 후기를 풀며 들려준 얘기가 생각나더라고요. 지민이 처음에 썼던 가사 중에 '너 잠시 서성거렸던 거야'라는 표현이 있었는데 RM은 그게 너무 좋았다고, 누군가 나에게 그렇게 말해주면 충분한 위로가 될 것 같다고 했었거든요. 그 말이 프림로즈 힐 언덕 위에서 이유도 모른 채 울고 있는 제 마음에 와닿았습니다. 그래, 나도 잠시 서성거리고 있는 거구나. 왜 이렇게 오래 걸리냐고 타박

할 필요도 없고, 정말 힘든 게 맞는지 울 자격이 있는지 의심할 필요도 없이, 그냥 잠시 서성거리는 것뿐이니까.

<약속>은 힘들어도 힘들다 말하지 못하는 스스로가 답답하고 싫었던 지민이 스스로에게 하고 싶은 말들을 담아 만든 노래예요. 괜찮다고 말하지만 실은 괜찮지 않은 나. 담담한 노랫말이 나도 그랬다고, 그러니 창피해하지 않아도 된다고, 더 울어도 된다고 등을 토닥여주는 것 같았지요. 우산으로 얼굴을 가리고 한참을 울었습니다. 그렇게 해가 저물고 어둠이 내려앉을 때쯤 언덕을 내려오며 스스로에게 약속했어요. 내가 너무 미울 때, 이곳의 풍경과 오늘의 마음을 떠올리자고.



## 그러나 잠시 뒤에 나는 고개를 들어

제 책장에 꽂혀 있는 유일한 시집은 『백석시전집』입니다. 군산에서 김연수 작가를 모시고 북토크를 진행한 적이 있는데, 그때 작가님께서 특별히 아끼는 시집이라며 소개해주셨지요. 김연수 작가는 백석 시인에 대한 소설을 쓰고 있다면서 우리가 몰랐던 시인의 삶에 대해 들려주었습니다.

분단 이후 북한에 머물렀던 백석은 사회주의적인 시를 쓰지 않는다는 이유로 시골로 유배를 당했다고 해요. 그때 그의 나이는 40대 후반, 펜을 꺾고 돼지와 염소를 기르며 남은 생을 보냈지요. 84세의 나이로 생을 마감하기까지 무려 40년 동안 시인이지만 시인이 아닌 채로 여

생을 살아야 했던 백석을 보며 김연수 작가는 의문이 생겼다고 했습니다. 어떻게 남은 평생 글을 쓰지 않고 살 수 있었을까. 그 삶이 절망스럽지 않았을까. 그러고 나서 김연수 작가는 백석이 마지막으로 쓴 작품이라 추정되는 「남신의주 유동 박시봉방」을 낭송했습니다.

> 나는 내 슬픔과 어리석음에 눌리어 죽을 수밖에 없는 것을
> 느끼는 것이었다.
> 그러나 잠시 뒤에 나는 고개를 들어,
> 허연 문창을 바라보든가 또 눈을 떠서 높은 턴정을 쳐다보는 것인데,
> 이 때 나는 내 뜻이며 힘으로, 나를 이끌어 가는 것이 힘든 일인
> 것을 생각하고,
> 이것들보다 더 크고, 높은 것이 있어서, 나를 마음대로 굴려 가는
> 것을 생각하는 것인데,
> 이렇게 하여 여러 날이 지나는 동안에,
> 내 어지러운 마음에는 슬픔이며, 한탄이며, 가라앉을 것은 차츰
> 앙금이 되어 가라앉고,

백석, 『백석시전집』(창비, 1999) 「남신의주 유동 박시봉방」 122~123p 중에서

슬픔과 어리석음의 무게에 짓눌려 죽어버리고 싶을 만큼 힘이 들 때, 그럼에도 불구하고 다시 고개를 드는 용기라니. 그 어떤 절망스러운 삶을 산다고 해도 잠시 뒤에 그가 고개를 들 수만 있었다면. 시를 쓰지 못하며 살아야 했던 40년의 세월 동안에도, 그는 틀림없이 굳고 정한 갈매나무 같은 삶을 살았을 테지요.

잠자리에 누워 괴로움에 몸부림치던 지난날의 나를 떠올려보았습니다. 당장이라도 일을 그만두지 않으면 내가 죽을 것 같았다고, 금방 다시 열 거니까 이건 닫는 게 아니라 쉬어가는 거라고, 그땐 그 방법밖에 없었다고 생각하면서도 실은 내가 모든 걸 내팽개치고 도망친 게 아닐까 하는 의문을 마음 한구석에서 지울 수 없었습니다. 백석의 시가 제게 물었습니다. 잠시 뒤에 고개를 들 수 있을 때까지 자신을 믿고 기다려줄 수는 없었던 거냐고.

이제라도 백석과 그가 쓴 시를 알게 되어서 정말로 다행이다 싶었습니다. 이 시가 나를 절망에서 구할 수는 없겠지만, 적어도 도망치고 싶은 마음이 들 때 내 손을 잡아줄 수는 있을 테니까요. 잠시 뒤에 내가 고개를 들 수 있을 때까지.

### 자신의 세계에 난간을 만드는 일

마스다 미리의 만화 『오늘의 인생』 속 한 장면을 떠올립니다. 마음이 뒤숭숭한 날, 비디오 대여점 앞에 서 있는 베이맥스를 보고 아주 조금 마음이 가벼워진 것에 대해 저자는 생각합니다. 만약 영화 <빅 히어로>를 보지 않았다면 저것은 그저 장식된 풍선 인형일 뿐일 테지만, 자신은 베이맥스가 인간에게 해를 끼치는 것이 금지된 다정한 로봇인 걸 알고 있었기 때문에 그를 살짝 건드리는 것만으로도 위로를 받았다고. 그렇다면 알고 있는 것이 많으면 많을수록 그것들이 지지대가 되어 쓰러지지 않고 나를 버티게 해주는 게 아닐까 하고요. 음악에 기대고 책에 빚지며 살아가는 날들이 늘어갑니다.

당신에게는 하루를 버티게 해주는 책과 음악이 있나요?

> 영화나 음악이나 공연이나 그리고 책을 읽는 것은 자신의 세계에 '난간'을 만드는 그런 것인지도 모르겠습니다.

마스다 미리, 『오늘의 인생』(이소담 역, 이봄, 2017) 154p 중에서

## 특별한 우정

"너희 둘이 잘 통할 것 같아. 내 친구 한번 만나볼래?"

작업실을 함께 썼던 윤예지 작가의 주선으로 소개팅을 하게 되었습니다. 상대방의 나이는 서른여섯. 직업은 그림 작가. 알고 보니 전 직장에서 두어 번 마주친 적도 있는 사이였습니다. 윤예지 작가에게 받은 연락처로 제가 먼저 용기 내어 문자를 보냈습니다. 관심사가 같아서인지 오래 알고 지낸 사이처럼 대화가 잘 통하더라고요. 말이 나온 김에 며칠 뒤 용산 CGV에서 만나 영화를 보기로 했습니다. 우리가 보기로 한 영화는 방탄소년단의 콘서트 실황을 담은 <러브 유어셀프 인 서울>(그것도 싱어롱 상영!). 네, 그렇습니다. 이것은 덕메 소개팅이었어요.

### 좋아하는 마음 × 좋아하는 마음

소개팅 자리에는 두리 언니와 언니의 덕메인 수린 언니가 함께 나왔습니다. 어색한 인사를 나누며 무슨 얘기를 해야 할까 눈치볼 새도 없이, 두리 언니가 선물이라며 내민 방탄소년단 포토티켓으로 대화가 물 흐르듯 이어졌습니다. 입덕은 언제냐, 덕통사고는 뭘로 당했냐, 최애는 누구냐…. 셋이서 함께 영화를 보고 나와 저녁을 먹고 카페로 자리를 옮겨 무려 네 시간이나 떠들었지요. 처음 만난 사이인데도 할 말이 어쩜 그렇게 많은지. 나이가 몇 살인지, 어디 학교를 나왔고 무슨 일을 하고 있는지, 그런 건 하나도 중요하지 않았습니다. 덕메가 되기 위해 필요한 조건과 자격은 오직 좋아하는 마음뿐이니까요.

두 사람은 저보다 1년 먼저 입덕한 덕질 선배로, 오늘 영화에서 봤던 서울 콘서트는 물론이고 해외 투어도 여러 번 다녀왔을 만큼 오프[19] 경험이 풍부했습니다. 맞아요. 예전에 제가 속으로 '아이돌 콘서트를 보러 외국까지 가다니 제정신이 아니군[20]'이라고 생각했던 바로 그 덕메들입니다.

입덕 초기, 흘러넘치는 사랑을 여기저기 쏟아내고 싶은데, 아니 토해내지 않고는 내가 못 살 것 같은데, 관심 없는 친구들에게 얘기를 하려니 눈치가 보이고, 남편에게는 양심에 찔려 말도 못 꺼내겠고(하지만 티는 많이 냈습니다. 세상에 절대로 숨길 수 없는 세 가지가 기침과 가난과 사랑이라고 했던가요). 그때 이 절절한 사랑을 함께 품어준 게

[19] '오프라인'의 줄임말. 사진이나 영상을 찾아보는 온라인 덕질이 아니라 콘서트, 팬미팅, 팬사인회, 공개방송 같은 오프라인 행사에 참여하는 덕질을 말합니다.
[20] 58p 열여섯 번째 줄 참조.

두 사람이었습니다.

첫 만남 이후 1년이 훌쩍 지났습니다. 지난 1년 동안 우리는 덕질을 핑계로 매일 서로의 안부를 나누고, 한 달에 한 번은 꼭 만나서 방탄소년단이 다녀간 식당과 카페 투어를 하고, 티켓팅도 함께, 콘서트도 함께, 컴백 기간에는 서로의 집에 모여 뮤직비디오와 컴백 무대 감상을, 멤버의 생일엔 우리끼리 방탄소년단 없는 방탄소년단 생일 파티를 즐기고 있습니다.

### 어째서 이렇게도 즐거울까요

작년 지민의 생일엔 덕메들과 하루 종일 생일 이벤트[21] 장소를 찾아다녔어요. 처음으로 홈마[22] 전시회에도 가보았지요. 지민이 말갛게 웃고 있는 포스터가 마음에 들어서 기념으로 사려고 했더니 이건 판매하는 게 아니라 16종 트레카[23]를 완성하면 선물로 주는 거라고 하더라고

[21] 자신이 응원하는 아이돌 멤버의 생일을 기념하여 팬들은 다양한 서포트를 준비합니다. 흔히 볼 수 있는 지하철 광고부터 카페를 빌려 음료를 주문하면 해당 멤버의 사진을 인쇄한 컵 홀더를 나눠주거나, 멤버 이름으로 기부를 하는 것 등이 대표적이지요. 멤버의 취향에 맞춰 특별한 서포트를 하기도 해요. 눈을 좋아하는 지민의 생일에는 올해 첫눈을 선물한다는 의미로 강남역 일대에 인공눈을 흩뿌리는 이벤트가 열렸고, 평소 전시 관람을 좋아하는 RM 생일에는 생일 기간에 해당 미술관을 방문하면 RM의 사진이 인쇄된 전시 입장권을 주는 프로젝트가 진행되었어요.

[22] '홈페이지 마스터'의 줄임말로 팬페이지 운영자를 말합니다. 아이돌의 고화질 사진과 동영상을 촬영해 SNS를 통해 공유하지요. 자신이 찍은 사진으로 전시회를 열거나 굿즈를 만들어 판매하기도 해요.

[23] '트레이딩 카드'의 줄임말.

요. 한 세트에 10장의 포토카드가 랜덤으로 들어 있는 트레카의 가격은 단돈 천 원. 열 세트를 구입한 뒤 카드를 양손 가득 쥐고 사진을 맞추고 있으니 중복 카드를 교환하려는 팬들이 제 주변을 에워싸는 게 아니겠어요. 전시회장 한구석에 트레카를 교환하기 위한 좌판이 열렸습니다.

"저 3번 있는데, 혹시 10번으로 교환 가능할까요?"

"아…. 3번은 이미 갖고 있어서요. 죄송해요. 혹시 16번은 없으세요?"

"저요! 저 16번 있어요! 저랑 바꿔요."

가진 자의 여유가 이런 걸까요. 후후. 어린애도 아니고 포토카드 맞추면서 이렇게 신이 날 일인가 싶었는데. 네, 정말 신이 났어요. 체면도 근심도 모두 잊은 채로 바닥에 쪼그려 앉아 트레카를 완성하는 일에 몰두했습니다. 어릴 적 놀이터에서 흙 묻히며 소꿉놀이하던 시절로 돌아간 기분이 들더라고요. 유치원에서 시장 놀이한다고 어설프게 만든 종이돈을 가지고 마음에 드는 물건을 사러 쏘다니던 기분. 양말만 신고 고무줄놀이 하다가 양말에 구멍이 난 걸 보고 친구와 배꼽 빠지게 웃던 기분. 그런 순수한 즐거움을 다 큰 어른이 되어서 다시 느끼게 될 줄이야.

카페를 돌아다니며 컵 홀더를 받고, 추리 게임 하듯 시간 맞춰 지민 열차[24]에 타고, 이동하는 길에 우연히 지하철 영상 광고를 발견하고, 압구정 CGV 박지민관[25]에서 생일 광고를 보고, 기념으로 포토티켓을 뽑고…. 눈

뜨자마자 만나서 캄캄한 밤이 되어 헤어질 때까지 온종일 웃음이 끊이질 않았어요.

집으로 돌아가는 지하철 안에서 덕메들이 찍어준 사진들을 보았습니다. 사진 속 제가 해맑게 웃고 있더라고요. 신기했어요. 『툇마루에서 모든 게 달라졌다』의 한 장면이 떠올랐습니다. 덕메 우라라와 BL 만화를 주제로 신나게 수다를 떨고 헤어지는 길, 유키 할머니는 눈이 휘어져라 웃으며 이렇게 얘기하지요.

"어째서 이렇게도 즐거울까요."

그러게요, 할머니. 어째서 이렇게도 즐거울까요.

며칠 전 덕메 없이 혼자서 생일 이벤트 중인 카페를 찾아간 적이 있었습니다. 집 근처에 있길래 무심코 들렀다가 음료를 주문할 때부터 직원들이 비웃는 건 아닐까, 옆 테이블에 앉은 손님이 한심하게 쳐다보는 건 아닐까, 하고 주변의 눈치를 살폈지요. 카페에 전시된 사진 구경은커녕 커피를 반도 마시지 못한 채로 허겁지겁

[24] 생일 서포트의 한 형태로 지하철 열차를 아이돌 멤버의 사진으로 래핑하는 서포트입니다. 차량번호가 정해져 있어 지하철 열차 도착 정보를 확인한 후 탈 수 있지요. 지민 열차는 지민의 생일을 포함하여 약 한 달간 운영되었는데요. 이 기간 동안 2호선 2561 차량을 타면 열차 바닥부터 천장까지 온통 지민의 사진으로 도배된 광경을 볼 수 있었답니다.

[25] 영화관 한 관을 대관하는 생일 서포트입니다. 대관 기간 동안 영화관 이름이 생일을 맞은 멤버 이름으로 운영되지요. 영화 티켓을 뽑으면 '박지민관'으로 표기가 되고, 상영관 주변은 지민의 사진으로 래핑되어 있어요. 마침 이번 생일에는 CGV 전 상영관 생일 광고 서포트가 진행되어서, 영화 상영 전에 지민 생일 광고도 볼 수 있었습니다.

나와야 했습니다. 그러니 오늘 즐거움의 8할은 덕메들의 몫이었어요.

## 한 사람의 스크루지가 되지 않도록

> 전혜린의 책 중에 이런 말이 있었어. "무엇인가에 기뻐할 수 있다는 것 – 축제에, 눈에, 꽃 한 송이에……. 그 무엇에든지. 그렇지 않으면 잿빛 일상생활 속에서 우리는 몹시도 가난하고 꿈이 메말라버릴 것이다. 많은 사람들은 아주 쉽사리 자기의 동심을 잃어버리고 알지 못하는 사이, 한 사람의 스크루지가 되어버린다." 커피에 주문을 거는 일은 기쁜 일이지. 그런 사진을 주고받을 수 있는 것, 좋아하는 책을 나누고 또 서로의 안녕을 바라는 일도. 서로가 스크루지가 되는 일을 부지런히 막아주는 것 같다는 생각이 드는 아침이다.
>
> 박선아, 『어떤 이름에게』 (안그라픽스, 2017) 76~77p 중에서



나의 덕질 멘토 두리 언니와 우란 언니, 덕심 충전기 임정 언니, 14년 절친 찡아, 구 직장 후배에서 덕메가 된 한별과 하나, 내가 맨날 지민이 사진 보여주면서 같은 머리 해달라고 할 때는 관심도 없더니 어느 날 갑자기 지민이 직캠 보고 입덕했다고 고백해서 나를 놀래킨 장싸롱 언니, 그림으로 이 책에 사랑스러움을 더해준 애슝 님과 일코 중이라 실명을 밝힐 수 없지만 먼 미래를 함께 도모 중인 H, 최애 사진 배틀을 주고받으며 서로를 응원하는 달님 님, 저의 은밀한 사생활을 들켜버린

미화 님까지.

잿빛 일상생활 속에서 동심을 잃지 않도록, 한 사람의 스크루지가 되지 않도록 부지런히 막아주고 있는 나의 덕메들. 이따금 생각해요. 이 사람들이 없었어도 내가 덕질을 계속할 수 있었을까. 이 특별한 우정 덕에 나는 조금 더 멀리까지 걸어가보는 게 아닐까, 하고요.

덕메들과 함께일 때 저는 '사적인서점을 운영하는 정지혜'를 내려놓고, '아내 정지혜'와 '맏딸 정지혜'도 잊고, '사회적 체면을 생각하는 30대 정지혜'도 내팽개친 채, 그냥 내가 되어서 순수하게 웃고 떠들고 기뻐하곤 해요. 내가 나일 수 있는 장소가 있다는 것. 아무 조건 없이 나를 받아주는 장소가 있다는 것. 그게 인생에 얼마나 큰 힘이 되는지요. 무언가를 사랑하는 일 자체도 행복하지만, 그 사랑에 대해 함께 이야기할 대상이 있으면 행복에 곱하기가 된다는 걸 알려준 나의 덕메들에게 이 글을 바칩니다.

# 행복을 저축하세요

평생에 걸쳐 노력 중이지만 아직도 요원한 일이 두 가지 있습니다. 하나는 편식이고, 하나는 저축입니다.

저는 어릴 때부터 경제관념이 없었습니다. 용돈을 받으면 그게 얼마든 받은 당일에 다 써버렸지요. 중학교 2학년 즈음에 부모님이 백화점에 저와 두 동생들을 내려다 주면서 영화를 보고 올 테니 마음에 드는 옷을 한 벌씩 사라고 카드를 주고 간 적이 있었는데요. 각 층마다 에스컬레이터 근처에 있는 할인 판매대에서 옷을 사라는 뜻이 담겨 있다는 걸 모르지 않았습니다만, 원타임을 좋아해 힙합에 빠져 있던 저는 그 길로 당시 유행하던 브랜드 매장에 가서 27만 원짜리 데님 멜빵바지를 샀습니다. 그것도 모자라 두 동생에게는 각각 7만 원짜리 티셔츠와 8만 원짜리 바지를 사주었지요. 부모님이 이 사실을 알면 무조건 환불해 오라고 할 걸 알았기 때문에, 미리 가격표를 제거하고 새 옷으로 갈아입은 채로 부모님을 기다렸어요. 40만 원 이상 결제 고객을 대상으로 주는 상품권까지 야무지게 챙겨 모조리 써버린 후였지요. 고작 중학생짜리가 겁도 없이 42만 원을 긁어 버린 걸 보고 머리끝까지 화가 난 엄마는 카드값을 다 낼 때까지 옷을 사주지 않겠다 선언했습니다. 일시불로 결제하면 부모님이 부담스러울까 봐 나름의 효심을 발휘해 12개월 할부로 끊었던 탓에, 저는 일 년 내내 단벌 신사로 살아야 했고요.

그 뒤로도 씀씀이가 헤픈 버릇은 아무리 노력해도 고쳐지지가 않아서, 물건을 살 때 가격을 보지 않는 건 기본이고 최근엔 'BTS WORLD' 게임 아이템을 사느라 수십만 원을 쓰기도 했습니다(남편이 알면 안 되는데…). 그런 제가 저축이나 적금을 들 수 있을 리가 없지요.

### 이 어려운 걸 덕질이 해냅니다

그런데 이 어려운 걸 덕질이 해내더라고요. 방탄소년단 적금을 들었습니다. 방탄소년단 데뷔일과 멤버 생일에 적금을 넣으면 우대이율이 제공되는 자유적금 상품이 나왔거든요. 방탄소년단 사진이 들어간 통장이 갖고 싶어서 별생각 없이 만들었는데, 한 푼 두 푼 넣다 보니 모으는 재미가 쏠쏠했습니다.

적금을 넣는 기준은 다음과 같습니다. 방탄소년단 데뷔일과 멤버 생일에 61,300원씩 입금. 대형 떡밥이 공개되는 날이나 덕질과 관련해 기념할 만한 일이 있을 때도 61,300원씩 입금합니다. 이 책의 계약금을 받은 날에는 61,300원에 일곱 멤버의 숫자를 곱해서 429,100원을 입금했지요. 그리고 멤버들이 트위터와 위버스에 사진이나 글을 올려준 날, 브이 라이브로 찾아와준 날을 달력에 체크해 하루에 6,130원씩 한 달치를 계산해서 익월 1일에 입금합니다. 달력의 동그라미를 세어 계산기에 곱하다 보면 이번 달에도 멤버들이 이렇게 자주 찾아와 안부를 물어줬구나 싶어 고마운 마음이 들어요(입금 금액이 61,300원과 6,130원인 이유는 방탄소년단 데뷔일이 6월 13일이기 때문입니다). 이렇게 모으다 보니 작년 11월에 만든 적금이 올 3월에 벌써, 200만 원 가까이 모였더라고요.

| | | |
|---|---|---|
| 12월 04일 | 61,300원 | 석진아생일축하해 |
| 12월 30일 | 61,300원 | 태형아생일축하해 |
| 1월 10일 | 61,300원 | 윤기야섀도우고마워 |
| 1월 12일 | 61,300원 | 지민이첫공개7주년 |
| 1월 17일 | 61,300원 | 블랙스완고마워 |
| 2월 01일 | 177,770원 | 1월안부고마워 |
| 2월 03일 | 61,300원 | 호석아EGO고마워 |
| 2월 18일 | 61,300원 | 홉아생일축하해 |
| 2월 21일 | 61,300원 | 맵더솔7앨범고마워 |
| 2월 25일 | 61,300원 | 맵솔콘티켓팅올콘성공 |
| 3월 01일 | 159,380원 | 2월안부고마워 |

얼마 전 입금 내역을 살피다 입금을 할 때 적어놓은

메모를 보고 마음이 뭉클했습니다. 멤버들의 생일을 축하하며 온종일 축제처럼 즐거웠던 하루, 자정에 공개된 뮤직비디오를 나노 단위로 앓으면서 '역시 방탄 덕질하길 잘했지' 방탄부심으로 행복했던 컴백 트레일러 공개일, 한 자리 구하기도 어려운 피켓팅[26]에서 올콘[27]에 성공해 몸은 너덜너덜하지만 마음만은 세상을 다 가진 것 같았던 티켓팅 날, 현생에 치이는 와중에 하루의 피곤함을 씻어주는 트위터와 위버스 알람 소리…. 입금 내역마다 그날의 기쁨이, 감동이, 짜릿함이 고스란히 담겨 있었습니다. 이 통장 안에 들어 있는 건 그저 돈이 아니었어요. 제 덕질의 역사이지요.

우리 모두에게는 덕질 통장이 필요합니다. 내가 좋아하는 무언가로 인해 행복해질 때마다 기념 사진을 찍듯 통장에 그 순간을 저축하는 거예요. 마음이 가난할 때 두고두고 꺼내볼 수 있도록. 무언가를 사랑하는 마음이 차곡차곡 쌓여가는 풍경을 바라보는 것만큼 배부른 일이 또 있을까요.



[26] 피가 튀는 전쟁 같은 티켓팅이라는 뜻으로, 열차표나 공연 예매에 많은 사람이 한꺼번에 몰려들어 치열한 경쟁을 벌이는 일을 이르는 말입니다.

[27] 'all 콘서트'의 줄임말로 모든 회차의 콘서트를 보러 가는 행위를 말합니다. 같은 콘서트라도 공연마다 셋리스트가 달라지거나 무대 구성, 의상 등이 달라지기 때문이지요.

# 언젠가 끝이 나더라도

몇 년 전 가을 네덜란드 아른험으로 여행을 다녀왔습니다. 깨끗하고 편리한 호텔을 고집하다 처음으로 현지인이 사는 집에서 머물렀는데, 시차 때문인지 이곳에서의 생활 리듬 때문인지 여행 내내 평소보다 일찍 잠이 들고 이른 새벽에 일어나 하루를 시작했습니다. 방에 난 창으로 마주한 집 굴뚝에서 연기가 피어오르는 아침을 감상하다, 날이 완전히 밝아오면 숙소 근처에 있는 손스빅 공원으로 산책을 나갔지요. 물안개 사이로 낙엽 쌓인 숲길을 자박자박 걸으면 마음에 쌓인 묵은 먼지가 깨끗이 닦이는 느낌이 들었습니다.

사흘째 날이었을 거예요. 아침 산책을 하다 만개한 단풍나무를 배경으로 누군가 벤치에 앉아 있는 모습을 발견하고 멈춰 섰습니다. 온통 황금빛으로 일렁이는 나무 아래서 고요하게 신문을 읽고 있는 노신사가 어찌나 근사하던지요. 한참을 바라보다 그 풍경을 사진으로 남겨두고 다시 발걸음을 옮겼습니다.

컨디션이 좋지 않아 며칠을 쉬고 다시 아침 산책을 나선 날이었습니다. 황금빛 풍경을 다시 보고 싶어서 사진을 찍었던 장소를 찾아갔는데 아무리 둘러봐도 그 나무를 찾을 수가 없더라고요.

'분명히 이 근처였는데….'

알고 보니 일주일도 안 되는 사이에 낙엽이 다 지고 앙상한 나뭇가지만 남아 눈앞에 두고도 찾을 수 없던 거였어요.

### 좋아하는 마음은 인생의 낭비가 아니라고

'2018 엠넷 아시안 뮤직 어워즈'에서 방탄소년단은 대상인 '올해의 가수'와 '올해의 앨범'을 받았습니다. 수상 소식에 기쁜 것도 잠시, 올해 초에 심적으로 많이 힘들어서 해체를 할까 말까 고민했었다는 진의 수상 소감을 들으며 가슴이 철렁했어요. 멤버들은 지난 시간들이 떠올랐는지 울컥 눈물을 터뜨렸지요. 지금 내가 당연하게 누리고 있는 것들이 애초에 존재하지 않을 수도 있는 것이었다 생각하니 몸이 싸늘하게 식는 것 같았습니다. 상상해본 적 없던 그들의 끝을 처음으로 그려봤던 그날 이후로 저는 방탄소년단이 더 좋아졌고 그만큼 겁이 더 많아졌어요.

덕질이 무서울 때가 있습니다. 너무 좋아서 두려운 감정이라고 해야 할까요. 이따금씩 마음에 브레이크가 걸리고 맙니다. 이별에 아파본 사람이라면 누구나 알 거예요. 사람의 마음은 붙잡아둘 수 없는 거니까 제가 방탄소년단이 아닌 다른 무언가에 빠질 수도 있을 테고, 사람 일은 모르는 거니까 그들에게 실망하는 일이 생겨 마음이 떠날 수도 있을 테지요. 자의든 타의든 분명 우리의 끝이 있을 텐데, 아직 오지도 않은 그 시간이 저는 벌써부터 두렵습니다.

저의 20대는 실패한 연애의 역사입니다. 연애하느라 친구도 잃고 돈도 잃고 학점도 날렸는데 그렇게 전부를 바쳐 사랑한 사람과도 결국엔 다 헤어지더라고요. 그것도 엉망진창으로요. 한때는 그 시간들을 후회했습니다. 그때 연애를 안 하고 친구들과 관계를 이어나갔다면, 돈을 모아서 여행을 다녀왔더라면, 공부를 열심히 해서 학점관리를 잘했더라면 내 20대가 그렇게 한심한 모습으로 남진 않았을 텐데, 하고요.



> 내가 정말로 사랑할 때면 언제나 불행했다. 그런데 잘 생각해보면, 희망 없는 사랑의 고통과 두려움 그리고 소심함과 잠 못 이루는 밤들이, 사실은 사소한 행운이나 성공보다 훨씬 더 아름다웠다.
>
> 헤르만 헤세, 『사랑하는 사람은 행복하다』(정현규 역, 문학판, 2017) 174p 중에서

미련과 후회로 점철된 시간들을 지나온 지금은 그렇게 생각하지 않아요. 길을 걷다가, 노래를 듣다가, 영화를 보다가, 문득 그 시절의 우리가 생각나 추억에 젖는 일이 꼭 나쁜 것만은 아니었거든요. 오히려 나의 20대를

떠올릴 수 있는 순간들이 많아서 참 다행이다 싶었지요. 그때 그렇게 온 마음을 바쳐 사랑하지 않았더라면, 저는 그 모든 감정들을 모른 채 무미건조하게 살았을 테니까요. 끝이 얼마나 엉망이었든 그것은 아무런 문제가 되지 않았습니다. 좋아하는 마음은 인생의 낭비가 아니라는 것을, 사랑 때문에 불행하다 여겼던 순간이 실은 내 것이었을지도 모를 사소한 행운이나 성공보다 아름다웠다는 것을, 저는 그 시간들을 통해 배웠습니다.

## 내 영혼에 나이테를 더하는 사랑

사랑의 끝이 언제 어떤 모습일지는 아무도 모릅니다. 황금빛으로 일렁이던 단풍나무가 일주일 만에 앙상한 마른 나무가 되었던 것처럼요. 그렇다고 해서 제가 나무로부터 선물 받은 시간까지 초라해지는 건 아니지요.

좋아하는 마음이 내게 준 것들을 떠올립니다. 사랑 덕분에 뭐가 기다리고 있을지 모를 바깥으로 겁 없이 문을 열고 나가는 용기를 배웠고, 절대로 이해할 수 없을 것 같았던 일들도 누군가에게는 당연할 수 있음을 받아들이게 되었습니다. 내가 함부로 뱉은 말과 별생각 없이 쓴 글이 타인의 마음을 베고 상처 입히지 않을지 한 번 더 생각하는 사람이 되었으며, 인생의 균형을 잡는 법과 있는 그대로의 나를 사랑하는 법 또한 익혀 가고 있습니다. 마치 영혼에 나이테를 더하듯 무언가를 사랑하는데 쓴 시간들은 제 삶에 어떤 무늬들을 남겼습니다.

그것들이 없다면 더는 지금의 내가 아니게 될 테지요.

2019년 5월, 미국 LA 로즈볼 스타디움에서 열린 'BTS WORLD TOUR LOVE YOURSELF : SPEAK YOURSELF' 콘서트에서 RM은 이렇게 말했습니다.

"여러분. 여러분들의 이름이 우리의 학교였고, 우리의 꿈이었고, 우리의 행복이자, 우리의 날개, 우리의 우주, 우리의 빛이었어요. 여러분이 우리의 화양연화였습니다."

방탄소년단의 말을 빌려 말하고 싶습니다. 우리가 사랑한 것들이 우리의 학교였고, 꿈이었고, 행복이었고, 날개였고, 우주였고, 빛이었고, 우리의 화양연화였다고. 마음을 다해 사랑한 것들이 지금의 우리를 만들었고 앞으로의 우리를 만들어갑니다.

## 당신을 살게 하는 사랑은 무엇인가요?

사적인서점의 시즌 1 영업을 종료할 즈음에 저의 첫 책 『사적인 서점이지만 공공연하게』가 출간되었습니다. 책을 읽은 독자에게서, 인터뷰를 하러 간 곳에서, 북토크 행사장에서 저는 '작가님'으로 불렸습니다. 그 호칭이 얼마나 부끄럽던지요. 어쩌다 보니 두 번째 책까지 내게 되었지만 여전히 '작가'라는 호칭은 저에게 어울리지 않는다고 생각합니다. 저는 그저 책에서 건져올린 문장들로 저의 경험과 감정을 해독하고 연구할 뿐이니까요.

한때는 창작자가 아닌 내가 무능하다고 느낀 적도 있었습니다. 나는 왜 만드는 사람이 될 수 없을까, 나는 왜 빌려 써야만 할까, 하고요. 지금은 알아요. 그런 문장을 발견하는 능력도 누구에게나 주어지는 것은 아니라는걸요. 직접 만들 순 없지만 귀한 걸 귀하다고 알아보는 눈 밝은 사람. 그게 저의 역할이라고 믿습니다.

온갖 것들이 널려 있는 모래사장을 구석구석 살피며 마음에 드는 조개껍데기와 유리 조각, 돌멩이를 줍습니다. 모래 속에 파묻혀 있어 몰랐지만 모양이 특별하고 오묘한 빛깔을 띠는 것들로요. 그것들을 가져와 깨끗이 씻고 반질반질하게 닦아 진열대에 올려놓는 일. 저는 그 일이 좋습니다. “이렇게 귀한 게 있었네” 하고 누군가 집어가서 자주 들여다보고 아껴주면 행복해져요. 이 책도 그런 마음으로 썼습니다. 제가 좋아하는 것들을 나누고 싶은 마음, 알아봐주었으면 하는 마음을 담아서.

모래사장에서 주워온 것들이 없었다면 제가 세상에 내놓을 것도 없었을 테지요. 이 자리를 빌려 정확하고 아름다운 언어로 저의 인생을 채워준 작가님들에게 감사 인사를 전합니다. 이렇게 사적이고 사소한 사랑 이야기도 책이 될 수 있을까 싶었는데, 이 책이 나올 수 있도록 사랑으로 매만져준 ‘자기만의 방’ 식구들에게도요. 희 님, 저의 편집자가 되어주셔서 고맙습니다. 번아웃에서 저를 구한 건 덕질만이 아니었어요. 희 님에게 기대어 여기까지 올 수 있었다는 걸 알아요. 자신이 행복해지는 법을 아는 사람은 그 어떤 지식이나 지혜를 가진 사람보다 더 큰 걸 가지고 있다고 해주셨던 말씀, 두고두고 잊지 않을게요.

그리고 방탄소년단에게 아내를 빼앗겼다고 생각하는 남편 윤득구 씨에게. 콘서트 추첨에 떨어지고 나서 꺼이꺼이 우는 날 달래주면서 이렇게 말해주었지. 눈물을 펑펑 쏟을 정도로 꼭 가서 보고 싶은 장면들이 있는 너의 삶이 부럽다고. 덕질 때문에 마음앓이를 했던 또 다른 날, 당신은 나를 자전거 뒷자리에 태우고 한밤의 산책을 하면서 꼭 짝사랑하는 여자애가 남자친구랑 헤어지고 와서 힘들어하는 거 달래주는 꼴 같다면서 투덜거렸고. 그때마다 내 남편이 윤득구라서 참 다행이다 싶었어.

내가 세상에 태어난 날부터 2년여 동안 하루도 빼놓지 않고 육아일기를 써준 엄마 그리고 아빠.

"아빠 엄마는 지혜를 사랑해 정말 사랑해."

"엄마 아빠의 사랑 알지."

"엄마와 아빠가 열심히 살아가는 것을 지혜에게 보여주고 싶어."

조건 없는 사랑으로 키워주신 덕분에 사랑이 많은 지금의 나로 자랄 수 있었어요. 엄마아빠에게 물려받은 가장 귀한 선물이에요.

빼놓을 수 없는 나의 고마운 용병들, 엑소엘 지은이와 샤이니월드 지수. 어쩜 우리 세 자매는 덕질하는 것까지 똑 닮았을까. 늘 고맙고 사랑해.

책을 마무리하던 와중에 친구들의 고단한 하루를 달래주는 건 뭘까 문득 궁금해져 문자를 보냈습니다. 생각만 해도 좋은 게 있는지, 있다면 무엇인지 알려달라고요.

한 친구는 자신을 구름 중독자라고 말하며 2003년부터 찍어 온 구름 사진을 보여주었습니다. 일이 몰려 한창 힘들었던 지난 여름에는 일몰 시간만 기다리다가 쪼르르 창문 앞에 달려가서 구름을 보며 버텼다는 얘기를 덧붙이면서요. 구름을 좋아하는 이유를 묻자 친구는 말했습니다.

"이유 없어. 정말 그냥 좋아서."

또 다른 친구는 꽃이라고 했습니다. 꽃과는 전혀 상관없는 일을 하고 있지만 이따금 꽃 시장을 가거나 꽃을 만지는 일이 무용한 즐거움이 되어준다고 했지요. 그러고 보니 친구의 작업실 책상에는 언제나 물기 어린 꽃들이 근사하게 놓여 있었습니다.

편집자 희 님에게서는 박력 넘치는 대답이 돌아왔습니다.

"저는 딱 3초 만에 행복해질 수 있어요. 멍멍이랑 눈이 마주치면 됩니다!"

3초 만에 행복해지는 방법을 알고 있다니. 좋아하는 마음을 가지고 있다는 건 정말 멋진 일이구나 싶었지요.

친구가 찍은 구름 사진들을 보면서, 친구의 작업실 책상 위에 놓여 있던 샛노란 튤립을 생각하면서, 강아지를 보고 눈꼬리가 휘어지게 활짝 웃는 희 님을 떠올리면서, 저는 충전기를 꽂은 것처럼 마음이 충만해졌습니다. 좋아하는 마음은 무적인데다가 전염성까지 강해서 저마다의 대답을 듣는 것만으로도 금세 행복해지더라고요.

그리고 이 책은 제가 써 내려간 긴 대답입니다. 누군가의 좋아하는 마음을 구경하며 당신이 행복해지기를 바랍니다. 바쁘다는 핑계로 한동안 잊고 지냈던 좋아하는 마음을 이 책이 깨울 수 있다면 더없이 기쁠 테고요.

당신을 살게 하는, 또 살게 했던 사랑은 무엇인가요?
당신의 대답을 들려주세요.

# SPECIAL THANKS TO

나의 사람, 나의 바람, 나의 자랑, 나의 사랑, 방탄소년단.

우리가 마주했던 지난 콘서트에서 당신은 이렇게 말했지요. 믿어 달라고, 알아 달라고. 울먹거리며 토해내던 당신의 진심이 내내 맴돌았어요. 내가 사랑하는 가수에게서 이런 말을 듣게 될 줄은 몰랐거든요. 이토록 뜨거운 고백. 이토록 진실한 마음. 어떻게 돌려줄 수 있을까 생각하다 이렇게 긴 팬레터를 썼어요.

내 인생에 나타나줘서, 나를 구해줘서, 진심으로 고맙습니다. 방탄소년단을 만난 뒤로 나는 나를 잘 지켜내고 싶어졌어요. 내 마음이 다치지 않아야, 지치지 않아야, 내가 받은 위로와 응원을 여러분에게 돌려줄 수 있을 테니까요.

사랑보다 더 좋은 말이 있었으면 좋겠는데, 저도 아직 그 말을 찾지 못했어요.
제가 아는 모든 사랑을 이 책에 담아 보내요.
부디 닿을 수 있기를 바라며.

**Editor's letter**

시계추처럼 살고 있습니다. 퇴근 후 활동이 모두 사라지고 나니 손에는 리디페이퍼만 남았지만,
이 안에는 무한에 가까운 이야기들이 있습니다. 그것들을 읽으면 그럭저럭 살 만합니다.
그렇군요. 저를 살게 하는 사랑은 웹소설인 것 같습니다. 쿨럭. **민**

자기소개에 빠지지 않는 문장이 있습니다. "개를 좋아합니다. 개털 알레르기가 심합니다."
사랑은 늘 이런 식입니다. 주로 한 글자의 것들을 좋아합니다. 개, 술, 책, 섬, 아 그리고 영화도 좋아하는데
두 글자네요. 네, 늘 이런식입니다. **희**

꽃, 노랑, 코끼리, 그림책, 할머니… 제가 좋아하는 것을 하나하나 떠올리니 마치 노랫말처럼 맘속에
사랑의 리듬이 입니다. 좋아하는 마음이 지구는 못 구하더라도 저 하나는 춤추게 하네요!
♥♪♡♬♥♪♡♬♥♪♡♬♥♪♡♬♥♪♡♬♥♪♡♬♥♪♡♬ **령**

좋아하는 마음이
우릴 구할 거야 ♥


**1판 1쇄 발행일** 2020년 3월 31일
**1판 4쇄 발행일** 2023년 4월 3일

**지은이** 정지혜
**그린이** 애슝
**발행인** 김학원
**발행처** (주)휴머니스트출판그룹
**출판등록** 제313-2007-000007호(2007년 1월 5일)
**주소** (03991) 서울시 마포구 동교로23길 76(연남동)
**전화** 02-335-4422 **팩스** 02-334-3427
**저자 · 독자 서비스** humanist@humanistbooks.com
**홈페이지** www.humanistbooks.com
**시리즈 홈페이지** blog.naver.com/jabang2017
**디자인** 스튜디오 고민 **용지** 화인페이퍼 **인쇄** 삼조인쇄 **제본** 해피문화사

**자기만의 방**은 (주)휴머니스트출판그룹의 지식실용 브랜드입니다.





**ISBN** 979-11-6080-378-5 03810